Collection Detectivarium

Enquêtes en tout genre

Collection dirigée par Joseph OUAKNINE

1. *Le pont des anges*, Joseph Ouaknine
2. *Le mystère du nain jaune*, Joseph Ouaknine
3. *La Joconde de Cro-Magnon*, Gérard Streiff
4. *Le mystère des gouttes de pluie*, Jacques Bullot

Joël CORNO

Recovery au Golfe

Détectivarium

Collection Jeunesse

Edition du bout de la rue

Detectivarium

AVANT PROPOS

Detectivarium est une agence de détectives privés dirigée par Guillaume Delange. Mais celui-ci n'est pas un détective comme les autres : grâce à une mystérieuse calculatrice, possédant certains pouvoirs, *Le pont des anges,* découverte lorsqu'il était adolescent, il acquiert la faculté de faire apparaître un ange dans sa tête, Mikajoh qui deviendra son confident, son guide, son mentor[*].

Désormais bien lancé dans le monde professionnel, les enquêtes se succèdent et *Detectivarium* tourne à plein régime.

Note de l'auteur :
Certains mots techniques sont écrits en **gras** ; vous trouverez en fin d'ouvrage, un glossaire donnant leur signification.

(*) Lire *Le pont des anges* de Joseph Ouaknine, tome 1 de la collection *Detectivarium.*

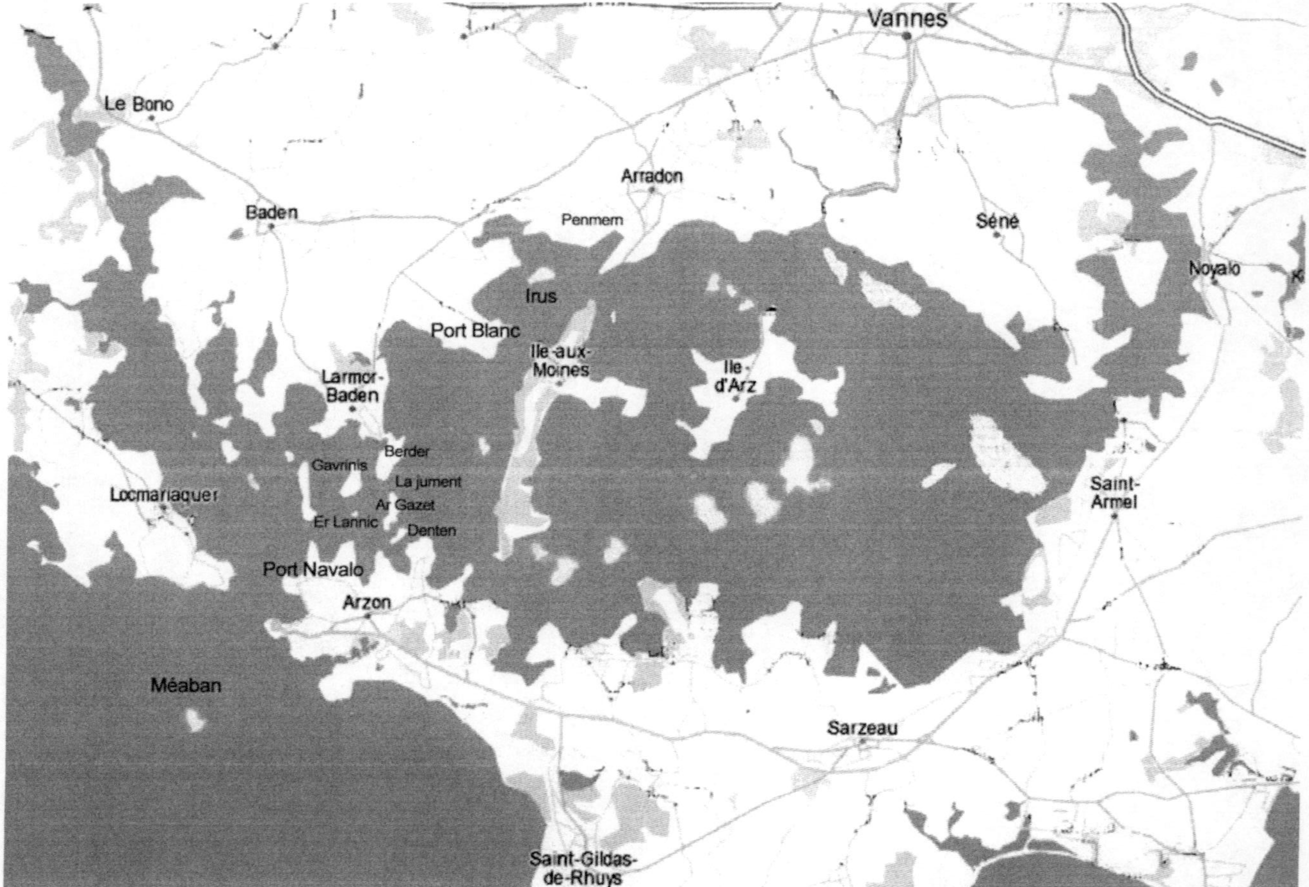
Vannes
Le Bono
Arradon
Baden
Penmern
Séné
Noyalo
Irus
Port Blanc
Ile-aux-Moines
Ile-d'Arz
Larmor-Baden
Berder
Gavrinis
La jument
Locmariaquer
Ar Gazet
Er Lannic
Denten
Saint-Armel
Port Navalo
Arzon
Méaban
Sarzeau
Saint-Gildas-de-Rhuys

Le golfe du Morbihan

Le golfe du Morbihan est une mer intérieure d'une largeur de vingt kilomètres parsemée de nombreuses îles et îlots, couvrant une centaine de kilomètres carrés, située en Bretagne, dans le département du Morbihan auquel il a donné son nom. Son nom breton, *Mor bihan*, signifie petite mer.

Le golfe, séparé de la baie de Quiberon tournée vers l'océan Atlantique par la presqu'île de Rhuys, ne communique avec celle-ci que par un étroit goulet de quatre cents mètres de large entre les pointes de Port-Navalo (commune d'Arzon) et de Kerpenhir (commune de Locmariaquer). De ce fait, on y rencontre de très forts courants de marée, donnant parfois à certains passages resserrés des allures de torrents. La mer entre et sort du goulet de Port-Navalo à une vitesse pouvant atteindre près de 8 nœuds (4 m/s soit 14,5 Km/h), ce qui en fait le deuxième courant le plus fort d'Europe. Le courant de la jument, entre l'île de Berder et l'île d'Ar Gazeh peut même atteindre 9,4 nœuds, soit plus de 17 Km/h.

L'Île aux Moines

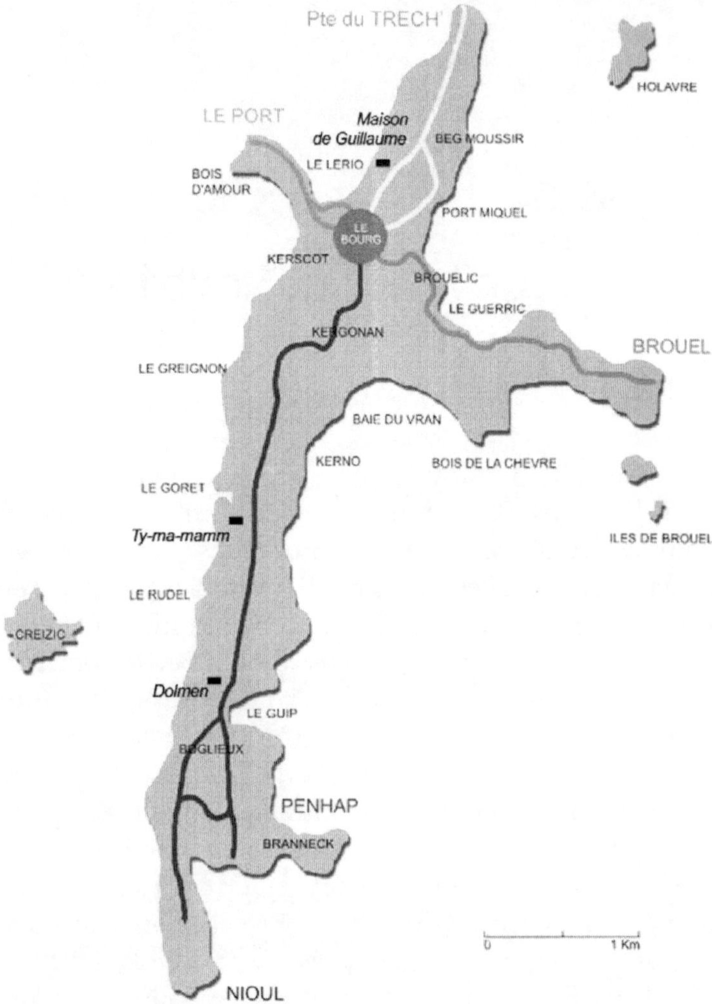

CHAPITRE PREMIER

Après le gros canular de la grotte de Verjeac(1), la vie a repris à Saint Georges de Didonne. L'agence Detectivarium a embauché définitivement Mylène, personne d'une remarquable efficacité : nous avons recruté une adjointe très brillante. De plus, Lorette et elle sont devenues des amies inséparables.

En cette période du mois d'août, les activités étant assez calmes, j'ai donc décidé de nous octroyer une dizaine de jours de repos. Mylène est tout à fait capable de diriger l'entreprise et nos cinq limiers, sur lesquels nous pouvons compter, ont un excellent état d'esprit et une grande admiration pour mon adjointe.

Je suis rentré à la maison pour déjeuner comme convenu avec Lorette en réfléchissant à l'endroit où nous pourrions séjourner.

En arrivant, Lorette m'a accueilli très volubile :

— J'ai la solution pour nos vacances. Figure-toi que ma cousine Catherine qui habite à Conleau, près de Vannes, m'a appelée ce matin. Nous avons papoté un bon moment et au cours de notre conversation, je lui ai dit que nous cherchions un point de chute pour quelques jours de vacances à partir du week-end prochain. Elle m'a gentiment proposé de nous accueillir chez elle.

---

(1) Lire *La Joconde de Cro-Magnon* de Gérard Streiff, tome 3 de la collection *Detectivarium*.

— C'est vraiment très gentil de sa part mais je souhaite que nous nous retrouvions seuls tous les trois.

— Excuse-moi, Guillaume, je me suis mal exprimée. En fait, Catherine nous propose leur petite maison de pêcheur de l'Île aux Moines. Elle est libre en ce moment.

— C'est formidable ! Kévin bénéficierait d'un air vivifiant.

— Elle y met cependant une condition : elle veut absolument que nous passions un petit peu de temps avec elle et surtout elle veut absolument nous présenter Jean, son mari.

— Ah, oui ! Il est officier aux RG[1] ! C'est bien, je ne serai pas dépaysé.

— Je vais la rappeler tout de suite pour lui dire que nous arriverons samedi dans la journée. Commence à manger, je t'ai préparé une mouclade.

Tout en dégustant cet excellent plat, j'ai senti que Mikajoh s'agitait :

"T'es pas fou, non ? Y a rien à bouffer dans ces bleds d'irréductibles Gaulois, à part des maquereaux, des orphies sans aucun goût ou des chinchards bourrés d'arêtes ! La seule chose passable, c'est leurs crêpes au sarrasin et leur beurre salé bien qu'ils en foutent partout, même dans leurs caramels et leurs gâteaux."

"Tais-toi ! Ignare ! D'abord, ce ne sont pas des Gaulois. Ce sont des Celtes. Irréductibles ? Je pense que oui. Les paysans, des gens courageux et durs à l'ouvrage. Tu te rends compte : défricher cette terre bourrée de cailloux, la cultiver puis la transformer en prés pour l'élevage, en terres à grain et en cultures maraîchères, ce n'était pas évident.

Quant à ceux qui vivaient sur les côtes, c'étaient de bons marins et d'excellents navigateurs. Leurs voiliers d'une ligne très fine étaient plus rapides et largement supérieurs

(1) La Direction centrale des Renseignements généraux (DCRG), appelée Renseignements généraux (RG) est un service de renseignement dépendant de la Direction générale de la police nationale.

aux trirèmes romaines. Ce peuple s'appelait les Vénètes, d'où l'origine du nom de Vannes. Un chapitre de la Guerre des Gaules de Jules César leur est consacré."

"Oui, je me rappelle que tu l'avais lu : c'était tellement palpitant que je m'étais endormi. Ils ont battu Julot ?"

"Hélas non : le combat naval a eu lieu au sud de la presqu'île de Rhuys sur l'océan. Malheureusement, le vent est tombé et les Vénètes ne pouvant manœuvrer ont été anéantis par les trirèmes romaines mues par leurs avirons."

"Comme quoi, les ressources écologiques ont leurs limites, se rengorgea Mikajoh."

"Tu me fatigues ! Je voulais manger tranquillement ma mouclade. Je ne sais pas si je vais y arriver."

"Bon, Guillaume ! Cette mouclade est vraiment succulente : bien relevée au curry avec beaucoup d'oignons et de crème et le Côte de Blaye vraiment divin. Pour te remercier, je te promets d'être plus attentif lorsque tu reliras la Guerre des Gaules en entier, geignit Mikajoh et je ne critiquerai plus notre futur lieu de villégiature."

"O.K. ! Très bonnes résolutions !"

La fin de la semaine a été consacrée aux passages des consignes et des dossiers en cours à Detectivarium. Mylène a pris très au sérieux ses responsabilités.

— De toute façon, au moindre problème que vous ne puissiez résoudre, n'hésitez pas à m'appeler sur mon téléphone portable.

Le samedi matin suivant, après avoir chargé ma Panhard-Porsche, nous sommes partis vers le Morbihan. Whysk paraissait très excité. Il aimait bien les promenades en voiture. Le voyage s'est passé rapidement : trois cent cinquante kilomètres, ce n'est pas très loin. Quatre heures et demies plus tard, nous sommes arrivés à Port Blanc à l'embarcadère pour l'Île aux Moines. Jean et Catherine, à qui Lorette avait donné rendez-vous, nous attendaient sur la cale.

Lorette a fait les présentations :

— Voici ma cousine Catherine et son mari Jean.

— Soyez les bienvenus, a dit Jean, chaleureusement.

Catherine est une femme plutôt petite aux cheveux couleur noir corbeau encadrant un visage aux traits fins dont les yeux très mobiles montrent une grande intelligence. Elle s'est extasiée sur notre petit Kévin qui s'est mis à rire aux éclats.

Jean, un sacré costaud, m'a paru calme et pondéré. Ses yeux marron me regardaient avec franchise. Il m'a semblé immédiatement très sympathique et nous nous sommes tutoyés tout de suite.

— Il est préférable de rentrer ton véhicule dans le garage que je loue à l'année. Ainsi tu seras rassuré et moi aussi car j'aurais été ennuyé que tu laisses ta voiture de collection dans un des grands champs qui servent de parking.

Je lui ai fait un clin d'œil :

— Ce n'est pas qu'une voiture de collection. Je t'expliquerai !

— Je devine car le moteur n'a pas un bruit de deux-temps !

Nous avons déchargé les bagages de la voiture et avons laissé celle-ci dans le garage.

Revenant à la cale, nous avons ensuite transbordé toutes nos affaires sur la vedette du passeur. L'atmosphère était agréable et tout le monde riait pour un rien : une vraie ambiance de vacances. Même Mikajoh a éclaté de rire en voyant Jean se coiffer du chapeau de Kévin qui était tombé par terre.

La traversée a été rapide. Cependant les cousins ont eu le temps de nous décrire le paysage.

— En face de nous, à quatre cents mètres, c'est l'Île

aux Moines, nous a expliqué Catherine. La pointe du Bois d'Amour est sa partie la plus proche. Vous pouvez voir à droite de la pointe, la baie de Toulindac et dans l'alignement le trou de la jument à cinq kilomètres, entre l'île d'Ar Gazeh et l'île de Berder. Derrière celles-ci, les courants sont très forts vers les îles d'Er Lannic et de Gavr'inis.

Toujours dans cette direction, on aperçoit l'Atlantique à dix kilomètres. Là encore, la passe est étroite entre Port Navalo et Locmariacquer.

La vedette s'est approchée de l'Île aux Moines en passant près d'une balise plantée sur un amas rocheux.

— Les Réchauds, a annoncé Jean. En allant vers l'est vous remonterez jusqu'à la rivière de Vannes. Vers l'intérieur du Golfe, il y a encore beaucoup d'îles. Cependant, vous ne pouvez pas les voir car le passage se resserre entre la pointe nord de l'Île aux Moines, appelée la pointe du Trech', et Arradon que vous apercevez derrière la grosse balise rouge, nommée la truie d'Arradon.

Au temps de la voile, le passage entre l'île et le continent se faisait entre ces deux endroits.

Et puis, il y a eu le vapeur qui effectuait la ligne de Vannes à Port Navalo et s'arrêtait à différents endroits et notamment à l'île d'Arz, la deuxième île importante du Golfe que vous ne voyez pas d'ici car elle est masquée par l'Île aux Moines. Maintenant pour visiter tout le Golfe, il y a de grosses vedettes d'excursions. C'est d'ailleurs la seule façon de tout voir. Je vous conseille de faire la balade.

Nous sommes arrivés au Grand Pont, le débarcadère de l'Île aux Moines.

Ce qui m'a le plus frappé, au cours de cette traversée, c'est la force du courant : lorsque la vedette est entrée dans le courant, elle a été déportée latéralement de façon spectaculaire. Pendant que nous transbordions nos affaires sur la cale, Jean m'a expliqué que le Golfe se remplissant et se vidant quatre fois par jour, le **jusant** et le **flot** sont des courants les plus forts d'Europe :

— Autrefois, sur les rivières qui se déversaient dans le Golfe, des moulins à eau avaient été installés et l'on utilisait cette force motrice en permanence. Certains existent encore et les plus célèbres sont les moulins de Pomper, de Pen Castel, de Noyalo et de l'île d'Arz qui a été réhabilité.

"Tiens donc, a remarqué Mikajoh, des écologistes avant l'heure ?"

— Justement, ai-je demandé à Jean, n'y a-t-il pas eu des programmes de construction d'usine, type marée motrice afin d'utiliser cette énergie.

— Oui ! Cependant de tels projets aurait tellement transformé le paysage qu'il y a eu une levée de boucliers. Cela a été un refus catégorique de la population ainsi les programmes n'ont pas abouti. Néanmoins, nous craignons que ce projet ne revienne à l'ordre du jour car les bretons après avoir refusé, de façon très violente, la centrale nucléaire de Plogoff s'opposent également à l'implantation d'éoliennes.

"Ils sont de mieux en mieux ces Vénètes, remarqua Mikajoh. L'écologie, oui ! Mais pas n'importe quoi."

— La maison n'est pas très loin, dit Catherine. On la voit d'ici. Juste après le Lério sur la pointe du Trech'.

Nous avons chargé les bagages dans une carriole et pris la route qui longeait le port. Outre le petit port de plaisance entre le Grand Pont et la Grande Cale, des bateaux en grand nombre étaient mouillés le long du chenal et nous avons dépassé une troisième cale, le Petit Pont.

À deux cents mètres, nous avons quitté la route et emprunté un chemin étroit, le chemin de la Grimpette, longeant la côte, qui nous amenait vers la maison. Au passage, Whysk prit son premier bain.

Tout en marchant, je regardais le paysage vers l'île en face du Lério, de l'autre côté de la baie. Une grosse barque à deux mâts était à l'ancre à quelques encablures de cette île. Jean suivant mon regard m'a expliqué :

— C'est l'île d'Irus. C'est une des plus belles du Golfe. Tu pourras aller à la pêche à la crevette à l'endroit où se trouve le sinago.

— Ha ? Cette grosse barque à deux mâts s'appelle ainsi ?

— Oui, a expliqué le cousin de Lorette. S.I.N.A.G.O.. C'est un superbe bateau. Au fond du Golfe, au sud de Vannes, se trouve un vieux village : Séné. Leurs habitants s'appellent les Sinagots. Même nom mais avec un *t* à la fin. Il y a quelques siècles, ils ont construit ces bateaux qu'ils ont baptisés sinagos, conçus pour être adaptés à la pêche côtière et à la navigation dans le Golfe. C'est sous toutes voiles qu'il faut les voir : deux grandes voiles carrées, **gréement** au tiers et lorsque le **bout-dehors** est sorti, l'équipage hisse le **clin-foc**, le grand **foc** et la **trinquette**.

"Ces Vénètes, je commence à les aimer, a conclu Mikajoh"

"De mieux en mieux !"

En passant, Jean me montra son petit bateau équipé d'un moteur 6 CV.

— Tu t'en sers quand tu veux. Le réservoir d'essence est à la maison, dans le cellier. N'hésite pas à utiliser mes haveneaux pour pêcher le bouquet, par exemple sous Irus, juste au bord du courant où les ostréiculteurs déposent leurs **tuiles à chauler**. Tu peux aussi t'essayer à la pêche à la ligne de traîne pour le bar. C'est plus difficile mais je t'indiquerai les bons coins. N'oublie jamais : tous les bateaux ici naviguent avec le flot ou le jusant.

— Il y a également beaucoup de promenades à faire dans l'île, ajouta Catherine. Des chemins côtiers ont été aménagés et bien sûr les flâneries dans les chemins creux ont tellement de charme. Malgré l'urbanisation de ces dernières années, le bocage a été préservé : c'est très agréable lorsqu'on se balade. Vous trouverez des vélos dans le cellier.

Nous sommes arrivés à la maison. C'était une bâtisse trapue tout en granit. Le toit qui descendait assez bas, était recouvert d'ardoises schisteuses. Les pierres des murs de la demeure et des enclos, couleur vieux rose, étaient taillées de forme irrégulière.

— Il y avait autrefois une carrière sur la pointe du Trech', m'a dit Jean. Elle est maintenant abandonnée.

Le jardin, pas très grand, était abondamment fleuri d'hortensias rose et bleu. Devant les compliments de Lorette, Catherine éclata de rire :

— Je n'ai pas eu trop le temps de m'en occuper ! Comme il y a eu de grandes alternances de pluie et de soleil, les plantes ont bien poussé. C'est la Bretagne !

Ils nous ont fait entrer dans la maison. L'intérieur était magnifique et décoré avec goût. Catherine nous a tout fait visiter : le living, la cuisine, les chambres et les dépendances.

Puis elle nous a expliqué comment s'approvisionner :

— En continuant à monter par le chemin, vous prenez à droite ce qui vous amène vers le centre du village où vous trouverez les commerçants. Tous les matins, les pêcheurs viennent vendre leurs produits. Je vous conseille d'y aller de bonne heure si vous voulez avoir du choix !

Pour ce soir, je vous ai préparé un petit en-cas.

Lorette était aux anges. Nous avons voulu les retenir à dîner mais ils devaient repartir car ils avaient une réception d'ordre professionnel.

Jean m'a fait promettre de l'appeler en cas de problèmes et m'a laissé un numéro de téléphone spécial où je pourrais le joindre à tout moment. Nous les avons raccompagnés jusqu'au Grand Pont et, en passant, Whysk a repris un bain.

"Ils sont super, les cousins de Lorette, a été le commentaire de Mikajoh. Qu'est-ce qu'ils nous ont fait à dîner ?"

CHAPITRE 2

Le lendemain, la matinée était superbe. Pendant que je préparais le petit-déjeuner, je regardais de temps en temps par la fenêtre d'où nous avions une très belle vue. C'était la fin du flot. Dans le port du Lério, les bateaux tiraient moins sur leur amarre.

Mon regard s'est porté vers Irus et j'ai remarqué que le sinago n'était pas mouillé au même endroit qu'hier. Il s'était déplacé à plus d'une centaine de mètres vers Arradon.

"Ils pêchent peut-être la nuit les Vénètes, me suggéra Mikajoh."

"Oui, pourquoi pas ? D'ailleurs, un de ces soirs, on ira à la pêche au bouquet à Irus comme me l'a suggéré Jean."

Tout en prenant notre petit-déjeuner, nous avons organisé notre emploi du temps : d'abord, les courses au centre du village et, après la sieste de Kévin, baignade à la grande plage.

La grande plage de l'Île aux Moines est orientée plein sud, bien protégée des vagues et abritée du vent de nord-est, signe de beau temps, par les pins de la pointe du Bois d'Amour.

— C'est joli le nom de ce bois : le Bois d'Amour, dit Lorette en me regardant tendrement.

— Ah, ces Vénètes sont des poètes ! Tout à l'heure, en regardant le plan de l'île, j'ai vu qu'il y avait aussi le Bois des Soupirs et le Bois des Regrets.

"Décidément, il y a toujours un endroit où l'on soupire et un endroit où l'on regrette. À Venise, c'est sur un pont ; ici, c'est dans un bois ! s'exclama Mikajoh."

"Arrête un peu ton humour à deux balles, tu n'es vraiment pas romantique."

Le sable jaune était très agréable au pied et nous avons joué comme des fous à la balle tous les trois. Whysk courait dans tous les sens pour essayer de l'attraper. Mais au bout d'un quart d'heure à ce rythme, j'étais en sueur et j'ai décidé de m'arrêter de jouer et de me baigner.

— Surtout ne va pas trop loin et fais bien attention au courant qui me paraît assez fort, m'a dit Lorette.

— Ne t'inquiète pas ! Whysk, tu gardes Lorette et Kévin.

Je m'éloignai du rivage. Le courant était à trois cents mètres du rivage et je ne me suis pas aperçu tout de suite que le **remous** m'en rapprochait rapidement. J'ai voulu faire demi-tour en nageant de toutes mes forces pour m'éloigner le plus rapidement possible. J'ai essayé de gagner de la distance, brasse par brasse. Prenant quelques repères à terre, je me suis rendu à l'évidence : non seulement je n'avançais plus mais le danger devenait plus présent, inexorablement.

"C'est malin, me dit Mikajoh. Tu vas te retrouver dans le courant et dans peu de temps, on servira de bouffe aux poissons."

Tout-à-coup, j'ai senti une grosse masse noire me frôler et un léger cri aigu s'est fait entendre. Mon sang n'a fait qu'un tour pensant qu'il pouvait y avoir des requins dans les parages. Puis, cette chose a réapparu sous mon ventre, m'a soulevé comme un sac de pommes de terre et en quelques secondes, j'étais sorti de la zone dangereuse où j'ai fait la planche pour me reposer et reprendre mes esprits.

Je n’arrivais pas à comprendre ce qui venait de se passer. Ce ne pouvait être un poisson. J’ai pensé à autre chose.

"Savais-tu qu’il y avait de très gros poissons dans le Golfe ? me demanda Mikajoh."

"Non !"

"Eh bien, maintenant, tu le sais !"

"Oui ! Mais ce n’est pas un poisson."

"Alors, c’est quoi ? Une voiture de pompiers, une ambulance ?"

"C’est un dauphin !"

"Donc, un gros poisson."

"Non, bougre d’abruti et d’ignare ! Ce n’est pas un poisson : c’est un mammifère comme nous. Il est très intelligent et comme les orques et les baleines, il est libre !"

"Il est libre, Max, chantonna Mikajoh."

Le dauphin, puisqu’il s’agissait de cet animal, a sorti la tête de l’eau et comme s’il avait compris ce que je disais, a émis une série de gloussements, semblant m’approuver. Il me regardait.

"On dirait qu’il se paye ta tête, s’est moqué Mikajoh."

Puis Max, - j’ai décidé de le baptiser ainsi - s’est rapproché de moi en poussant des petits cris comme s’il voulait jouer. Ensuite, il a replongé et est passé sous moi.

Derechef, je suis entré dans son jeu : j’ai attrapé sa nageoire dorsale et en quelques minutes nous étions de l’autre côté de la baie ayant traversé le courant sans m’en être aperçu.

Cela a été ensuite une magnifique balade touristique. En allant vers le sud-ouest, il m’a montré quelques îles du Golfe : Berder et Ar Gazeh, le trou de la jument, Er Lannic où j’ai vu les deux cromlechs, l’un à moitié immergé et l’autre sous-marin, le tumulus de Gravrinis, la passe vers l’océan entre Port Navalo et Locmariaquer puis le retour par l’île de Denten, à l’est de Ar Gazeh, la pointe de Penhap. Il s’est arrêté en bordure du courant à deux cents mètres de la plage.

Je l'ai caressé pour le remercier.

— Il faut que l'on se revoit, Max. À bientôt !

Il a émis quelques gloussements, a plongé et a disparu.

"Il est sympa, dit Mikajoh. Cependant, il m'a fait très peur surtout dans les tourbillons du trou de la jument !"

J'ai regagné le rivage lentement. Whysk s'est mis à l'eau pour venir au-devant de moi en jappant joyeusement. Lorette était anxieuse :

— Tu en as mis du temps. Pendant un bon moment, je ne te voyais plus. Whysk regardait au loin et n'arrêtait pas de gémir. Je commençais à être inquiète !

— Je vais tout te raconter, lui ai-je répondu. C'est très simple, j'ai visité la partie ouest du Golfe.

Je lui ai fait le récit de mon escapade. Elle ne m'a pas cru, s'est mise à rire aux éclats en me traitant de baratineur. Comme Kévin se réveillait, elle a décidé de rentrer.

Nous avons regagné la maison en passant par le Toulpri, chemin ombragé puis par le centre du village où nous avons refait quelques provisions.

— Ce soir je vous prépare des pommes de terre à la Gwenhaëlle. Je ne sais pas si cela plaira à Kévin.

— Qu'est-ce que c'est ? demandais-je.

— Tu verras. J'ai lu la recette, ce matin, dans le cahier de recettes de Catherine.

"On jugera sur pièces, dit Mikajoh."

Pendant que Lorette s'affairait, je me suis versé un petit verre de Gros-Plant bien frais et me suis installé sur la terrasse pour profiter du calme de ce début de soirée, contemplant le paysage. Une demi-heure après, la voix de Lorette m'a sorti de la torpeur dans laquelle j'étais plongé :

— À table, à table !

Sur la table, il y avait un grand plat avec des pommes

de terre coupées en deux. La partie coupée avait gonflé et était marron clair. Cela sentait bon et paraissait appétissant.

— Alors cette recette ? Tu l’as réussie ?

— Je pense que oui. Dépêche-toi de manger pendant que c’est chaud. C’est très facile : tu prends une pomme de terre, tu mets une grosse noix de beurre dessus et tu me dis ce que tu en penses.

Je m’exécutai et je me régalai.

"C’est super bon ! s’écria Mikajoh."

"C’est encore mieux que super bon !"

— Lorette, je déguste, je savoure, je me délecte, je me pourlèche. Bref, je festoie ! Bravo, c’est réussi !

Dix minutes après, le plat était vide. Lorette me regardait ravie.

— Ouf, je n’en peux plus. Je ne peux plus rien avaler.

"Et moi, je suis repu. Y’a des trucs pas mal, chez ces irréductibles Vénètes", concéda Mikajoh."

À la nuit tombée, j’ai fait un petit tour avec Whysk, le long du Lério et je me suis m’arrêté au bout du Petit Pont. C’était le début de jusant. Tout à coup, tous ses sens en alerte, la truffe pointée vers le chenal, Whysk a aboyé. J’ai regardé : Max, le dauphin, a sorti la tête de l’eau et a émis des petits cris, comme s’il était content de me retrouver.

— Bonsoir, Max, mon copain. J’espère qu’on se reverra bientôt !

Je lui ai lancé les quelques figues que j’avais cueillies sur le magnifique arbre planté dans le jardin des cousins. J’ai pensé qu’il ne les mangerait pas. J’ai été très surpris de le voir les attraper au vol. Il a couiné de nouveau, a sauté et disparu dans de grandes gerbes d’éclaboussures.

"Moi, aussi j’aime bien les figues, s’est indigné Mikajoh. Surtout avec du foie gras !"

"J’en cueillerai au retour, goinfre !"

CHAPITRE 3

Ce matin-là, le temps était encore superbe. Lorette m'a proposé de faire une grande promenade à bicyclette. Nous pique-niquerions à la pointe de Penhap, au sud de l'île. J'ai accepté avec enthousiasme et nous nous sommes préparés très rapidement. J'ai décidé d'installer Kévin dans la carriole que j'ai attachée à mon vélo.

En attendant Lorette qui finissait de remplir nos sacs à dos, mon regard s'est dirigé vers Irus et j'ai constaté qu'à nouveau le sinago n'était plus au même endroit. Cette fois-ci, il se trouvait plus vers l'ouest et cela m'a intrigué. J'ai pris mes jumelles mais à cause de la distance, je n'ai pas pu trop distinguer les détails. Les **vergue**s et les voiles étaient amarées et je ne voyais rien de particulier sur le pont.

Nous avons pris le chemin de Penhap. La route était agréable. En passant nous avons vu le joli moulin de Kergonan qui avait été bien restauré. À main droite, nous sommes descendus jusqu'à l'anse du Goret avec sa cale protégeant les quelques bateaux mouillés là. C'était marée basse et nous nous sommes baignés en jouant dans l'eau tous les trois avec Whysk.

Puis nous avons continué la route en direction de Penhap et nous nous sommes arrêtés au dolmen.

Il était très bien mis en valeur sur cette lande et je l'ai photographié avec la famille assise dessus. Nous nous sommes installés sous un arbre et avons dévoré nos provisions. Il faisait tellement chaud qu'une petite sieste était évidemment nécessaire.

Deux heures après avoir repris nos vélos, nous nous sommes dirigés vers la pointe en passant par l'anse du Guip orientée vers l'est et donnant sur la baie du Vran. Il y avait un petit chantier naval. De là, on voyait d'autres îles et le paysage était complètement différent de ce côté, plus sauvage.

Après avoir pris quelques photos, nous avons continué la route. Nous n'avons pu aller jusqu'à la pointe car le chemin carrossable s'arrêtait à cinq cents mètres, à l'entrée d'une propriété privée. Force fut de faire demi-tour et désappointés, nous avons repris le chemin du retour. Nous sommes arrivés à la maison deux heures après, un peu fatigués mais heureux néanmoins de cette bonne journée.

Au dîner, j'ai déclaré à Lorette que cette nuit, j'irai à la pêche au bouquet à l'endroit indiqué par Jean.

— Vraiment ? Tu n'es pas trop claqué après cette belle promenade ? Je me mettrai au lit très tôt. Regarde ! Kévin s'endort déjà.

— Moi, je suis en peine forme. Je te laisserai Whysk car je ne pourrai pas pêcher et le surveiller. La mer sera basse à minuit. Je partirai vers vingt et une heures et je rentrerai deux heures après le début du flot.

— Je fais la vaisselle et nous allons nous coucher, Kévin et moi. Je vais tellement dormir que je ne serai pas inquiète, m'a-t-elle répondu en m'embrassant.

"Et puis comme cela, demain on pourra se faire une bonne ventrée de bouquets tout frais avec du bon pain, du bon beurre et un bon coup de Muscadet, a conclu Mikajoh."

Je me suis préparé pour mon escapade. Dans le cellier, j'ai trouvé des haveneaux bien entretenus. J'en ai pris un grand et un moyen, ainsi je pourrai m'adapter au terrain. J'ai trouvé également une paire de bottes à ma taille et une combinaison en ciré. Je serai donc au sec pendant toute la pêche. Ensuite, j'ai pris une lampe-torche assez puissante que j'ai fixée avec des gros élastiques sur mon bonnet de laine. J'ai mis des piles de rechange dans une poche étanche. J'étais paré.

À vingt et une heures, Lorette et Kévin dormaient déjà. J'ai mis la nourrice d'essence dans la carriole, j'y ai ajouté une poubelle en plastique et je suis descendu au Lério. J'ai transbordé le matériel dans le canot de Jean, l'ai poussé jusque dans le chenal et j'ai embarqué. Puis, après avoir branché le réservoir d'essence, j'ai pompé quatre coups ; contact, starter et j'ai tiré sur le cordeau d'un coup sec. Le moteur a démarré au quart de tour. J'ai donné un peu plus d'accélération et à petite vitesse, je me suis dirigé vers l'eau vive en face du Grand Pont. J'ai viré ensuite sur tribord vers la pointe est d'Irus afin que le jusant me déporte pour arriver au point que j'avais choisi : à peu près à la médiane de l'île.

Dans le courant, soudain une masse sombre frôla mon bateau. J'entendis des couinements aigus et répétés. C'était Max. Je lui ai dit bonsoir en lui parlant doucement. L'intelligent animal s'est mis le long du bord et a poussé le bateau comme s'il voulait me guider vers un point précis.

J'ai réduit les gaz et relâché légèrement la barre. Il m'a amené ainsi à deux cents mètres de l'endroit où je voulais atterrir. J'ai échoué le canot et me suis mis à l'eau. Max a sorti la tête et a poussé quelques cris avant de plonger dans le courant.

"Il est super sympa, dit Mikajoh. Je suis sûr qu'il nous a indiqué les bons coins. Si on rentre bredouille, ça sera de ta faute, Guillaume."

"On verra. En attendant, allons-y !"

À l'endroit où j'avais échoué le canot, le courant formait comme une véritable rivière. Le dénivelé était très brutal et important. J'ai tiré le bateau sur une dizaine de mètres pour m'en éloigner. La côte était assez plate jusqu'à Irus et la vase m'a facilité les choses. D'après les relevés de la carte marine du Golfe affichée dans la salle à manger de la maison, on passait d'un fond de deux mètres à quinze mètres sur un mètre de distance !

J'ai sorti le grappin que j'ai calé sous un rocher et me suis mis à repérer les lieux. La lune était vers son couchant et les nuages commençaient à arriver atténuant ainsi son éclairage. J'avais bien fait d'apporter une lampe. Regardant aux alentours, je n'ai pas vu le sinago. Certainement, il devait être parti pour une pêche nocturne.

Je me suis dirigé vers les rangées de **tuiles à chauler** maintenant découvertes. Cela faisait comme des bassins étroits et assez longs. Il m'est venu une idée : j'ai décidé de caler un haveneau au milieu entre les rangées de tuiles et partant d'une extrémité, j'ai poussé l'autre haveneau vers le premier. C'était très efficace. J'entendais les bruissements des crevettes prises au piège essayant de sauter.

Je suis revenu vers le bateau avec les deux haveneaux collés l'un sur l'autre et j'ai déversé la pêche dans la poubelle en plastique que j'avais apportée, en secouant les haveneaux vigoureusement pour enlever les algues. Je suis passé ensuite à la rangée de tuiles suivantes et j'ai recommencé en utilisant la même méthode. Ce fut le même bon résultat.

"Guillaume, tu n'en as pas l'air mais, souvent, je me demande où tu vas chercher tout ça !"

"Prends-en de la graine, Mikajoh."

J'ai pêché ainsi pendant deux heures et le récipient a été presque rempli. J'ai continué alors que le flot commençait à se faire sentir après avoir tiré le bateau vers le rivage. Voyant quelques rochers à proximité, je les ai retournés et j'ai pu ramasser une dizaine d'**étrilles** et deux gros tourteaux. Satisfait, j'ai décidé de rentrer car il faisait nuit noire, la lune s'étant couchée. J'ai éteint ma lampe pour que mes yeux s'habituent à l'obscurité.

Au moment où j'allais démarrer le moteur, j'ai entendu un glissement sur l'eau et quelqu'un s'est mis à parler, interrompu par un ordre bref. J'ai distingué une masse très sombre qui est passée dans le courant à une trentaine de mètres de moi.

C'était un gros voilier qui remontait, poussé par le flot. Il naviguait tous feux éteints ce qui est strictement interdit par le code maritime. À ce moment, il y a eu une lueur vive. Un des marins du bord allumait sa pipe. Cela dura deux secondes et j'ai vu distinctement son visage. Un autre homme s'est mit à parler sourdement d'un ton impérieux :

— Éteins ça, espèce d'abruti ! Une légère lueur est visible de très loin et les sons portent bien sur l'eau. Tu veux nous faire repérer, imbécile ! On règlera nos comptes plus tard.

Le sinago car c'était lui, a continué sa route sur une centaine de mètres puis j'ai entendu, au bruit de la chaîne d'ancre, cependant manipulée avec douceur, qu'il mouillait.

Sortant un aviron, j'ai godillé doucement pour rejoindre le courant et, avec le flot, je me suis laissé porter sans bruit jusqu'à une dizaine de mètres du bateau. Je me suis échoué sur le banc de vase le long du courant.

Deux hommes **amenaient** les voiles tandis qu'un troisième tirait le canot traîné en remorque. Ils embarqueraient dessus. Occupés comme ils étaient à leur manœuvre, ils ne m'ont pas remarqué. J'ai sorti les jumelles que j'avais apportées. Leurs occupations étaient celles traditionnelles des gens de mer mettant de l'ordre à bord avant d'aller à terre.

Rapidement, ils sont descendus dans leur canot et démarrant leur moteur, se sont dirigés vers Arradon. Ils ont disparu derrière la pointe de Penmern. Je me suis déséchoué à l'aide de mon aviron et le courant m'a déposé le long du sinago. Je me suis hissé le long de la chaîne d'ancre en tenant un bout du grappin de mon canot entre les dents et j'ai escaladé le bordage puis me suis mis debout sur le pont.

J'ai lové la corde du grappin sur un **taquet** et j'ai observé attentivement le pont du navire : je n'ai rien vu d'autre que les voiles **carguées** sur les vergues. Pas de caisses ni d'objets quelconques.

"C'est bizarre, me dit Mikajoh, il n'y a rien."

"De plus, ils n'ont rien transbordé dans leur canot."

"S'ils ne sont pas allés pêcher alors qu'ont-ils pu faire ?"

"Bon, Mikajoh. Il faut absolument suivre le sinago afin de savoir ce qu'il fait. J'ai ma petite idée là-dessus. On verra cela demain."

Je suis redescendu dans mon canot et m'étant suffisamment éloigné, j'ai démarré le moteur, je suis rentré au Lério en longeant la pointe du Trech'.

Arrivé au port, j'ai transporté tout le matériel dans la carriole et suis remonté à la maison. J'ai laissé le contenu de ma pêche dans la poubelle que j'avais remplie d'eau de mer, au frais dans le cellier

J'ai calmé Whysk qui me faisait fête et je me suis couché discrètement afin de ne pas éveiller Lorette.

CHAPITRE 4

J'ai eu un sommeil très agité le reste de la nuit. Je me suis endormi vers le matin puis j'ai été réveillé par une bonne odeur de pain grillé et de café. Je me suis rendu rapidement à la cuisine où Lorette m'a accueilli :

— Alors, mon grand pécheur devant l'Éternel, je vois que tu as bien dormi. La pêche a été bonne à ce que j'ai vu. Les bouquets et les crabes sont encore vivants. Nous allons nous en occuper dès que tu auras fini ton petit-déjeuner.

Je l'ai embrassée et j'ai fait un gros câlin à Kevin. En nous observant, Whysk donnait des grands coups de queue contre la porte du placard ce qui nous a fait rire.

— J'ai téléphoné à Catherine qui m'a dit qu'il fallait tout cuire à l'eau de mer. Alors, tu vois ce qui te reste à faire !

"N'aie pas peur de manger des craquelins avec du beurre salé, c'est super bon, insista Mikajoh."

Mon petit-déjeuner fini, j'ai sifflé mon chien et je suis descendu au Lério. J'ai empli un gros récipient d'eau puis je suis remonté vers la maison. J'ai pris la poubelle dans laquelle j'avais mis les crevettes et les crabes cette nuit et je les ai apportés dans la cuisine. Ils étaient toujours vivants !

Lorette s'est mis à tout accommoder.

— Pendant que tu prépares le repas, je vais acheter le journal avec Kévin et Whysk. À tout de suite.

— Prends aussi du pain noir et une bouteille de Muscadet. Dépêche-toi car j'ai une faim de loup.

En remontant le petit chemin indiqué par les cousins, je me suis dirigé vers le centre du village. Après être passé à la boulangerie, je suis entré dans la boutique Épicerie-Bureau de tabac-Bar-Marchand de journaux. J'ai acheté la Liberté du Morbihan.

J'ai assis Kévin sur un tabouret puis j'ai commandé un verre de Gros Plant et me suis accoté au zinc. Je voulais lire les nouvelles car à la maison, il n'y avait ni télé ni radio. Je dois dire que cela ne me manquait pas trop.

J'ai commencé à lire le journal.

Kévin faisait du charme à la serveuse pendant que je me suis plongé dans les gros titres de la Une.

"Ça promet, bougonna Mikajoh."

Un article a attiré tout de suite mon attention : en cette période estivale, il y avait une recrudescence de trafic de drogue. Les gendarmes avaient effectué des descentes dans différents night-clubs de la côte ainsi que des contrôles routiers. Statistiquement, la consommation de ces produits, notamment la résine de cannabis était en très nette augmentation, comparée aux chiffres de l'an dernier à la même époque. Le journaliste ayant recueilli quelques confidences des gendarmes chargés de l'enquête parlait de *British connection.* Une analyse de la situation et des détails des opérations menées ici et là étaient mentionnés.

"Amusant, m'a fait remarquer Mikajoh. *British, Britain, Brittany, Bretagne.* Nous y sommes !"

"Tu soupçonnes maintenant la perfide Albion(1) d'approvisionner leur lointains cousins en drogue ? Tu es sérieux ?"

"Mais Guillaume, c'est la libre circulation des marchandises en Europe !"

---

(1) Le Royaume Uni. Expression employée pour la première fois par Bossuet mais surtout utilisée à la fin du XIXème siécle après l'Entente Cordiale.

"Malheureux, te rends-tu compte de ce que tu dis ?"

Je n'ai pas eu le temps de combattre ces prises de position anarchistes car, tout à coup, un homme est entré brusquement.

Il était petit, râblé et large d'épaules. Un teint assez mat, le hâle des gens de mer, les pommettes saillantes et les yeux très noirs. Tout à fait le type du Latino. Il portait une casquette de marin. Une vareuse tachée de sel cachait une chemise de couleur indéfinissable et recouvrait partiellement un jean délavé.

Il s'est installé à côté de moi et a commandé un verre de Côtes du Rhône.

Je l'ai immédiatement reconnu : c'était un des hommes du sinago, celui que j'avais vu distinctement alors qu'il allumait sa pipe.

J'avais raison car il a sorti une blague à tabac de sa poche ainsi qu'un brûle-gueule qu'il s'est mis à bourrer. En l'allumant, il a fait un mouvement et j'ai vu qu'il avait à l'avant-bras un tatouage assez réussi représentant une araignée.

L'homme a surpris mon regard attentif et a tiré prestement sur sa manche en me tournant le dos. Il a inhalé quelques bouffées, vidé son verre d'un trait et est sorti en disant :

— Salut, tout le monde !

"Salut, tout seul ! a répondu Mikajoh."

Je suis sorti derrière lui. L'homme a enfourché un vélomoteur et a pris la route de Penhap.

Entrant à nouveau, j'ai dit à la serveuse :

— Connaissez-vous l'homme qui vient de sortir ?

— Non. Je l'ai croisé pour la première fois, voici trois jours, sur la place du Ru Vraz. Il venait de la route de Penhap. Tous les matins, il s'arrête ici pour acheter le journal et boire un canon. Ce que je sais aussi, c'est Gildas le passeur qui me l'a dit, il va deux fois par jour sur le continent et porte un gros sac à dos. Mais bon ! C'est son droit !

— Merci, lui ai-je répondu.

"Tu ne trouves pas ça bizarre ? a demandé Mikajoh."

"Oui ! Ce soir, tu vas partir en mission spéciale."

"Bien, chef ! En attendant, rentrons car j'ai bien envie de me régaler de notre pêche de cette nuit."

"De *Ma Pêche* ! Malhonnête !"

Le repas était prêt. Lorette s'était surpassée. Les bouquets étaient délicieux et les crabes remarquablement bons. Elle avait également préparé une mayonnaise aux échalotes qui donnait encore plus de relief à la saveur des crustacés.

— Félicitations, ma Lorette ! Je me régale. Il faudra que j'y retourne.

Ce fut Mikajoh qui cala le premier.

"Alors, c'est bien le pays des Vénètes ?"

"Ne m'en parle pas !"

Le repas terminé, après avoir pris un bon café, Lorette m'a dit :

— Tu es fatigué. Va te reposer. Je vais me promener avec Kévin vers le Guéric et la pointe de Brouel. Je verrai ainsi l'île d'Arz de plus près. Je rentrerai vers dix-huit heures.

— O.K. ! Je suis libre de faire ce que je veux ?

— Oui ! N'en profite pas. Sinon, je t'arrache les yeux !

Elle a pris Kévin que je tenais dans les bras et l'a mis dans sa poussette. Je l'ai suivie du regard tandis qu'elle se dirigeait vers le chemin de la Grimpette. Arrivée au coin, elle s'est tournée, m'a fait un geste puis a disparu.

Je n'étais pas fatigué. Il fallait que je retrouve l'homme au tatouage repéré ce matin. La serveuse m'avait dit qu'il allait deux fois par jour sur le continent. J'ai donc décidé d'aller l'attendre au Grand Pont et de le suivre.

La vedette était à quai. Le passage avait lieu toutes les demi-heures.

Je me suis assis sur un banc à côté de la capitainerie et j'ai attendu en observant la route qui arrivait à l'embarcadère.

L'homme portant un gros sac à dos est enfin apparu. Mais le temps qu'il gare son engin, la vedette serait partie. J'ai donc décidé de monter à bord juste quand le bateau a commençé à **déhaler**. L'homme était toujours occupé à attacher sa mobylette à un poteau d'éclairage.

Arrivé à Port Blanc, j'ai sauté rapidement sur le quai et j'ai couru vers le garage afin de récupérer ma Panhard-Porsche. J'ai pris tout mon temps pour démarrer car je savais que l'homme n'arriverait pas avant une demi-heure.

J'ai ensuite regagné le rond-point, me suis garé discrètement derrière une haie de thuyas et je l'ai attendu.

Trente minutes après, je l'ai vu remonter la portion de route venant du port. S'arrêtant au parking des deux roues, il a dégagé un cyclomoteur et a démarré.

Cela devenait difficile : comment le pister sans me faire repérer ?

Il a pris la route de Vannes. Je l'ai suivi d'assez loin, me rapprochant dès qu'il arrivait à un rond-point. Finalement, cette filature était plus facile que je l'imaginais.

"Tu auras intérêt à le serrer davantage lorsque nous serons à Vannes. Un deux-roues peut se faufiler, pas toi."

Nous sommes entrés dans la ville. Il a pris le boulevard des îles, a tourné à droite au carrefour dans le boulevard de la Résistance, puis à gauche dans la rue Guillaume Le Bartz et s'est arrêté devant un pavillon. Je me suis immobilisé à vingt mètres, dissimulé par un camion en stationnement.

L'homme a sonné. Au bout d'une dizaine de secondes, l'occupant des lieux est sorti et s'est engagé dans l'allée vers le portillon qu'il a ouvert.

L'autre, sans arrêter sa machine, a ouvert son sac à dos et lui a donné un paquet assez volumineux. Il est remonté ensuite sur son cyclomoteur et est reparti. Cette scène n'a pas duré plus d'une minute.

Je l'ai vu prendre la route en sens inverse vers le rond-point. Nul doute qu'il repartait vers l'Île-aux-Moines. Je suis descendu de ma voiture et j'ai noté l'adresse et le nom de l'occupant de la maison : *Lewis Fairhaven, Villa Bel air.*

"Ce n'est pas très vénète ce nom-là ! s'exclama Mikajoh."

"T'as raison, c'est british. Qu'est-ce qui peut y avoir dans ce paquet ? De la panse de brebis farcie ! Ah ! Ah ! Ah !"

"Ignare ! C'est un plat écossais. Est-ce que tu peux être sérieux un moment ? Je pense que nous sommes tombés sur un trafic. Mais lequel ? Des objets anciens, précieux, des diamants, de l'or, des faux billets, de la drogue ? Rappelle-toi. Ce matin, dans le journal, on parlait de *British connection.* Tu as vu comment s'appelle le locataire de cette maison ?"

"Tu devrais en parler au cousin de Lorette, m'a conseillé Mikajoh."

"Bonne réaction. Qu'est-ce que je vais lui dire ? Que j'ai vu un type donner un gros paquet à quelqu'un qui est de la *British connection* car il a un nom anglais ? Il va me rire au nez."

"Tu as raison, Guillaume. Le cousin a d'autres choses à faire qu'à s'occuper d'élucubrations mégalomaniaques de détective privé, fut-il le mari de la cousine de sa femme."

Je ne lui ai pas répondu car il m'a vexé. Pourtant j'étais sûr qu'il y avait quelque chose de louche.

J'ai attendu cinq minutes et j'ai repris la route. Parvenu au village du Moustoir, je l'ai dépassé. J'avais raison, il rentrait. J'ai accéléré, je suis arrivé au garage, j'ai garé ma Panhard, j'ai couru jusqu'au quai et sauté dans la vedette alors qu'elle commençait à **culer**.

Arrivé au Grand-Pont, j'ai marché d'un pas vif

jusqu'au bourg, me suis installé à une table de la crêperie de la place du Ru Vraz et j'ai attendu.

Une demi-heure après, j'ai entendu une pétarade dans la rue venant du port. C'était mon homme. Il est passé devant moi et je l'ai suivi des yeux pendant qu'il s'engageait sur la route de Penhap.

J'étais le premier à la maison. Lorette revint, enchantée de sa promenade.

— Je me suis régalée. Que le paysage est beau, surtout vers le Guéric ! Il faut absolument que je te montre la vieille chapelle le long du rivage.

Nous nous sommes reposés sur la terrasse et en fin de soirée, nous sommes passés à table pour finir les restes du repas de midi.

"Encore ? s'est plaint Mikajoh."

"D'abord, c'est très bon. De plus, il faut que tu prennes des forces pour ce soir."

"Bon ! Je ne suis pas couché !"

"Non ! Et moi non plus !"

Après le repas, nous avons traîné un peu. Lorette n'arrêtait pas de bailler. Elle mis Kévin au lit et décida d'aller se coucher. L'air vivifiant de la Bretagne avait un effet particulièrement sédatif sur eux.

— Je vais faire une petite promenade avec Whysk.

— Bonne nuit ! Ne rentre pas trop tard !

Je l'ai embrassé tendrement puis sifflant mon chien, je me suis dirigé vers le port, emportant le pont des anges, ma précieuse console de transfert[1].

---

[1] Voir *Le pont des anges* de Joseph Ouaknine, tome 1 de la collection *Detectivarium*..

CHAPITRE 5

Je suis descendu tranquillement vers le Lério, après avoir cueilli au passage quelques figues dans le jardin.

"On va rendre visite à Max ? m'a demandé Mikajoh."

"Tout juste !"

"J'ai vu que tu as également pris le pont des anges. Je devine !"

Il était vingt-deux heures lorsque je suis arrivé au Petit Pont. J'ai aperçu au loin le sinago prendre le courant toutes voiles dehors. Le vent étant remonté au nord-est et comme c'était jusant, c'est vent arrière qu'il a doublé rapidement la Pointe du Bois d'Amour.

Chemin faisant, j'ai informé l'ange de la mission que je lui confiais.

"Ce n'est pas compliqué. Tu suis le sinago et tu ne perds aucun détail de ce qu'ils feront pendant leur trajet. Tu enregistres toutes les particularités, même les plus insignifiantes, de leurs agissements. Je t'attendrai ici. Tu auras la chance d'être dans l'esprit d'un animal des plus intelligents de la création. Aussi profites-en !"

"C'est vrai, cela me changera."

"Ça suffit, espèce d'impertinent !"

"Je voulais dire que ce sera mieux qu'un cerveau de

perroquet ou d'un de chien. Et pourtant, Whysk est super doué pour un *canis lupus familiaris*."

"Ça va, n'essaye pas de te rattraper !"

Je me suis assis au bout de la cale, mon chien à mes côtés. J'ai jeté quelques figues dans l'eau. Trois minutes après, un couinement et la tête de Max est apparue à un mètre de moi. Je l'ai salué et lui ai lancé quelques fruits. Il avait l'air de beaucoup apprécier.

Ayant sorti la console de transfert de ma poche, j'ai appuyé sur quelques touches et Mikajoh s'est retrouvé instantanément dans le cerveau de Max. Celui-ci a réagi calmement. Il a geint doucement et a disparu dans le courant.

Encore une fois le transfert s'était déroulé à la perfection. Bien que ce soit un jeu d'enfant de transporter mon compagnon vers un autre être, c'est toujours avec une certaine angoisse que j'acceptais son départ.

Le vide que je ressentais dans ma tête était immense mais j'ai essayé rapidement de me faire une raison puisque c'était pour la bonne cause.

J'ai profité de ce temps mort pour retourner à la maison où régnait un profond silence. Tout le monde dormait bien sagement. Je me suis installé dans un fauteuil et j'ai commencé à lire *Noir de Loire*, un polar que j'avais apporté pour me distraire les jours de pluie.

Vers onze heures, j'ai décidé de redescendre tout seul au port et de laisser Whysk ici. Il ferait bonne garde ce qui a allégé ma conscience. J'ai repris le chemin du Petit Pont et cueilli au passage encore quelques figues. Je me suis assis à nouveau au bout de la cale et j'ai pris mon mal en patience.

J'entendis onze heures trente sonner à l'église puis

minuit. La mer était basse. Le flot allait commencer à se faire sentir et le sinago arriverait avec lui. J'avais apporté ma paire de jumelles car j'étais sûr que l'équipage serait là avant et je vérifierai ensuite que le voilier irait mouiller à la place habituelle.

Une demi-heure après, dans un grand éclaboussement d'eau, Max a sorti la tête de l'eau en couinant. Il avait l'air de bien s'amuser. Je lui ai lancé toutes les figues qui me restaient. À l'aide de ma console de transfert, j'ai réintégré Mikajoh au bercail.

Le dauphin a secoué la tête, semblant me désapprouver. Néanmoins, je l'ai caressé et il s'est éloigné dans le chenal.

"Tu vois, il me regrette, me dit Mikajoh."

J'ai eu un petit pincement au cœur.

"Tu es jaloux ? "

"Pourquoi pas ? C'est un sentiment humain, non ?"

"Ne t'inquiète pas. Tu es le bon petit Guigui à son bon Johjoh."

"Bon, ça suffit. Lieutenant Mikajoh ! Au rapport ! Et

que ça saute !"

Il m'a raconté son équipée :

"Après que tu m'aies transféré dans le cerveau de Max, il a fallu que je prenne possession des lieux, en quelque sorte, et que je me connecte rapidement à ses synapses afin de comprendre et de décoder les signaux émis par ses neurones. J'ai eu un sacré boulot car son système nerveux est encore plus compliqué que celui d'un être humain.

Lorsque je suis devenu maître de la situation, il a fallu que je repère l'endroit où nous étions. Pas facile, sous l'eau. Je lui ai fait comprendre qu'il fallait faire surface et effectuer un trois cent soixante degrés pour que je fasse le point. Repérant le phare de Port Navalo et le clocher de Locmariaquer, j'ai vu que nous étions presque à la sortie du Golfe.

Aussi, je lui ai demandé de revenir vers le trou de La Jument pour aller discrètement à la rencontre du sinago. Il a tout de suite compris et a plongé.

Il faut que je t'explique comment fonctionnent ces mammifères. Ils ont un don. Figure-toi qu'ils sont équipés d'un système sonar naturel. Ils n'utilisent pas leur yeux mais deux émetteurs ultrasoniques leur permettant de détecter des objets sous l'eau, même les plus petits. Leur cerveau reconstitue les deux images ce qui leur donne une vision binoculaire identique à la notre.

Sous l'eau, c'était formidable, la portée est de plusieurs centaines de mètres et on peut voir absolument tout ce que l'on veut et en relief, comme si c'était en surface. Notre distance de vision sous l'eau à nous, les humains, ne dépasse pas une dizaine de mètres dans de bonnes conditions, à cause de la diffusion et de l'absorption. Pas étonnant que l'US Navy et la Marine Nationale utilisent les dauphins comme démineurs.

Nous sommes donc revenus jusqu'à la baie de Toulindac par le trou de la Jument et j'ai tout de suite repérer le sinago. Il était arrêté dans l'anse du Goret et un homme a embarqué. Puis, ils sont repartis vers la sortie du Golfe. Ils ont continué jusqu'à Méaban. Là, un chalutier de haute mer les attendait.

Les deux bateaux se sont amarrés l'un à l'autre et plusieurs hommes ont effectué un transbordement de caisses du chalutier sur le sinago. Cela a été très rapide et chaque bâtiment est reparti très vite.

Le sinago a repris le cap vers l'entrée du Golfe et allait assez vite profitant du flot qui se fait plus vite sentir à Port Navalo qu'à l'Île-aux-Moines. Une demi-heure plus tard, nous étions à nouveau à l'anse du Goret. Cette fois, le bateau a accosté, un homme a sauté à terre et a couru jusqu'au chemin creux derrière la plage. Puis un bruit de moteur et une camionnette de couleur sombre est arrivée en marche arrière sur la cale guidée par les lampes de poche des autres membres de l'équipage.

Les caisses ont été transbordées à nouveau. Il n'y en a pas beaucoup et elles sont relativement petites. Le véhicule est reparti. Je me suis assuré que le sinago a pris la direction de l'île d'Irus. Cela ne servait plus à rien de le suivre donc nous l'avons dépassé et me voici."

"Lieutenant Mikajoh, tu as fait du bon boulot. Félicitations ! Il est vrai que tu avais un allié de choix en la personne de Max."

"Merci, mon colonel."

"Tu peux disposer."

"Demain, j'appelle Jean car maintenant nous disposons d'éléments sérieux. Nous ne passerons pas pour des rigolos à ses yeux !"

Pendant que nous parlions, j'observais, avec mes jumelles, les abords d'Irus et j'ai vu le sinago passer devant les Réchauds et mouiller à l'endroit habituel. Comme hier, les mêmes manœuvres ont été effectuées : après que l'équipage ait **affalé** les voiles, un canot s'est détaché du bateau et s'est dirigé vers le continent.

J'ai décidé de rentrer.

CHAPITRE 6

Il était dix heures du matin lorsque je me suis levé, préoccupé par les aventures de la nuit dernière. Mikajoh ne m'était d'aucun secours. Fatigué par ces péripéties, il dormait du sommeil du juste et ses ronflements m'empêchaient de me concentrer sur les événements que j'avais vécu la veille par l'ange interposé.

Compte tenu de l'importance qu'avaient l'air de prendre les événements, j'ai décidé d'appeler Jean au numéro spécial qu'il m'avait donné :

— Bonjour Jean. Comment vas-tu ?

— Très bien. Alors tout se passe bien à l'île ?

— Oui. C'est super ! On se régale. Cependant, je voudrais t'entretenir de petites choses que j'ai découvertes.

— Ah, bon ! Où es-tu encore aller fouiner, monsieur le directeur de Detectivarium ?

Je lui ai raconté ce que j'avais observé depuis trois jours. Il m'a écouté sans m'interrompre : l'attitude étrange du sinago, ma nuit de pêche, l'homme rencontré au bar-tabac, ma filature et les événements de la nuit dernière.

Cependant, il a tiqué sur ce dernier récit car j'avais un peu modifié les faits. Je ne voulais pas lui dire mon secret :

— Je ne comprends pas. Tu les as suivis avec mon canot ?

— Oui. Je les ai toujours filés et observés de loin avec mes jumelles.

— Guillaume, tu te payes ma tête. En ce moment, le soleil se couche vers 21 heures. Donc, je ne vois pas comment tu pouvais les observer même avec des jumelles grande pupille !

— J'ai oublié de te dire qu'il s'agissait de jumelles infrarouge à vision nocturne.

— Ben dis donc, cela vaut une fortune ces joujoux-là. Ton entreprise est riche. Même mon service n'en a pas malgré mes nombreuses demandes. Bon, reprends !

— J'ai toujours longé la côte à petite vitesse et je ne suis pas sorti du Golfe. J'ai parfaitement pu observer le transbordement des caisses avec le chalutier. On voyait très bien, même si la lune allait vers son couchant. Au retour, j'ai pris de l'avance car j'étais persuadé qu'ils repasseraient par là donc je me suis mis en embuscade à l'anse du Goret, allongé au fond du bateau.

— Si tu es sûr de ce que tu as vu, alors tu es vraiment bon.

Jean ne paraissait pas très convaincu mais il me faisait confiance.

— Je pense qu'il s'agit d'un trafic. De quoi ? Je ne peux pas le dire de façon précise, bien que j'ai une petite idée là-dessus.

— Je vais faire passer l'information au service des douanes. Ils vont vérifier sur la base des renseignements que tu viens de me donner. Mais...

— Mais ?

— C'est bizarre. J'ai pensé à une chose : je viens de prendre connaissance du rapport d'un de mes adjoints. Il semblerait qu'il y ait une recrudescence du commerce de résine de cannabis. Nous sommes en période estivale. On a eu quelques touches à la sortie des boîtes de nuit. Cela semble assez sérieux. Mais impossible de tirer quoi que ce soit des dealers.

— Justement, j'ai vu cela hier dans le journal quand j'ai repéré le type que j'ai suivi jusqu'à Vannes. J'ai pensé à cette histoire de drogue, la *British connection* comme le journaleux l'avait écrit dans son article.

— Il y a peut-être un lien avec ce que tu as découvert. Bon, merci à toi. Je m'en occupe.

Au fait, donne-moi l'adresse du mec de Vannes qui a réceptionné la marchandise de l'homme tatoué. On va vérifier.

Je lui ai précisé.

— Bon. Maintenant, passe de bonnes vacances et occupe-toi plutôt de Lorette et de Kévin. Ça vaudra mieux. Laisse faire les pros !

J'ai raccroché, un peu vexé.

"Alors t'es rien d'autre qu'un amateur ? a ricané Mikajoh."

"C'est vrai, il a raison : je suis un amateur."

"Bon ! Si on allait bouffer une choucroute ?"

Comme s'il voulait me consoler.

— Ah, ça non ! ai-je hurlé ulcéré.

— Pourquoi cries-tu comme cela ? m'a demandé Lorette qui venait d'arriver.

Je lui ai menti effrontément :

— Je viens de voir Whysk faire ses besoins sur l'un des massifs d'hortensias de Catherine. C'est dégoûtant. Je le sortirai après déjeuner.

— J'ai acheté deux belles entrecôtes pour ce midi et pour dessert, nous avons un Kouign-Amann.

— Un couigne à quoi ?

— Du Kouign-Amann : K.O.U.I.G.N. plus loin A.M.A.N.N. ce qui veut dire gâteau au beurre, en breton.

C'est une spécialité de Douarnenez, dans le Finistère. Il est maintenant répandu dans toute la Bretagne.

J'ai ouvert l'emballage et une bonne odeur s'est répandue dans toute la cuisine.

"Je sens que je vais me régaler, dit mon ange gardien. Décidément, ces Vénètes n'en finissent plus de m'étonner."

"Lorette vient de dire que ce n'était pas une spécialité des Vénètes, abruti !

"Oui, mais ils ont eu le génie de l'adopter."

Décidément, il avait réponse à tout.

Nous avons fait un excellent repas. Lorette, suivant les conseils du boulanger avait fait tiédir le Kouign-Amann. C'était succulent. Elle a promis d'en acheter un pour le lendemain.

Après déjeuner, Lorette a souhaité se reposer un peu et finir un des excellents polars qu'elle avait achetés avant de partir dont le titre était *Identité sous contrôle*. Elle adorait le genre polar.

— C'est passionnant. Je n'en ai lu que dix pages mais je veux absolument le finir avant ce soir.

— Je vais sortir avec le chien. Je rentrerai en fin d'après-midi.

— Bonne promenade, mon chéri.

Je suis sorti avec Whysk. J'avais l'intention de traîner mes guêtres vers l'anse du Goret.

Alors que j'arrivais au croisement de la route de Penhap et du chemin descendant vers l'anse, j'ai entendu soudain deux coups de feu à intervalle très rapproché. Je suis resté immobile tandis que Whysk a détalé comme un lapin.

"Bizarre, m'a dit Mikajoh, l'ouverture de la chasse, c'est plutôt septembre."

"Exact ! Deux coups, cela peut être un fusil de chasse."

"C'est un braco qui a dû tirer sur un garenne. C'en est bourré sur la lande où se trouve le dolmen et au mois d'août, il y a déjà beaucoup de vols de canards."

"Allons quand même voir et retrouvons le chien."

À ce moment précis, une fourgonnette bleu foncé est sortie du virage à toute allure, m'a frôlé et a continué son chemin vers Penhap.

"Il est malade ce type, s'est indigné Mikajoh. Il a failli nous écharper !"

"Mikajoh, cela ne me dit rien qui vaille, je te propose une petite course vers Penhap pour essayer de le rattraper."

J'ai parcouru un kilomètre au pas de gymnastique sans vraiment savoir où orienter mes recherches. J'ai suivi la route. Toujours pas de Whysk à l'horizon.

Puis j'ai vu une grosse concentration de mouettes volant à une centaine de mètres derrière un ressaut de terrain. Je me suis souvenu que c'était la décharge des ordures ménagères de l'île.

Mentalement, je me suis remémoré un documentaire que j'avais vu à la télé sur la province du Rahjastan, en Inde. Les cadavres d'animaux étaient évacués en dehors des villes, les charognards faisant le reste.

Tout-à-coup, j'ai entendu un aboiement. J'ai reconnu la voix de Whysk. J'ai couru jusqu'à la décharge et là, le corps d'un homme était allongé entre deux grosses pierres à l'entrée du terrain.

Il gisait sur le dos et j'ai reconnu, malgré son visage ensanglanté : l'homme du sinago que j'avais rencontré hier matin au bureau de tabac et que j'avais suivi jusqu'à Vannes. J'ai aperçu son tatouage à son poignet : nul doute, c'était bien lui.

J'ai eu toutes les peines du monde à empêcher Whysk de s'approcher de la flaque de sang à côté de lui. Visiblement, il avait été tué à l'aide d'une arme de gros calibre du genre **357 Magnum** ou **calibre 45**, une balle dans le crâne et l'autre à la base du cou.

Je ne voulais pas toucher au corps à cause des investigations que feraient les enquêteurs. Puis, je me suis ravisé ; il fallait trouver une piste.

Avec précaution, j'ai fouillé le corps. De ses poches, j'ai sorti un portefeuille contenant des billets de banque, un trousseau de clés plates et un petit carnet. J'ai laissé l'argent et empoché les autres objets.

"Ce n'est pas bien ce que tu fais, me dit Mikajoh, tu vas donner du fil à retordre aux pandores car cela n'est plus un crime crapuleux. De plus, si tu prends le fric, on aura une partie des vacances à l'œil."

"Peut-être ! Mais moi, Monsieur, je suis honnête. De toute façon, je tiendrai Jean au courant."

"Le fait qu'il ait encore une grosse somme d'argent sur lui prouve que le vol n'est pas le motif de l'assassinat. C'est un règlement de compte."

"Je suis d'accord avec toi, Mikajoh ! Je voudrais savoir qui sont ces énergumènes s'adonnant à des trafics de marchandises, la nuit, dans le Golfe et tuent leur complice."

"Guillaume, je trouve que cela devient dangereux de continuer en franc-tireur ! Tu as vu les blessures du tatoué. C'est du gros calibre, pas du petit **22 LR**. Ce sont des armes de pros !"

"Tu as raison. Je vais prévenir Jean mais avant nous allons essayer de découvrir leur repaire et d'obtenir un peu plus de renseignements."

J'avais du temps devant moi avant que le cadavre ne soit découvert. J'ai fouiné encore alentour. Je n'ai trouvé rien de plus, mis à part des traces de pneus devant provenir de la voiture des assassins qui avait balancé le corps.

Il fallait quand même prévenir la gendarmerie. Je ne voulais pas le faire à partir de mon portable. Maintenant avec les satellites, le repérage des mobiles est très facile. Je devais continuer de mon côté et là les pistes étaient nombreuses. Pour cela, il fallait garder les mains libres.

Je me suis souvenu qu'à deux cents mètres, sur la route, se trouvait une cabine téléphonique. Je m'y suis rendu et j'ai composé le 17.

"Quelle aubaine ! Une cabine téléphonique, s'est exclamé Mikajoh ! De nos jours, ces équipements deviennent des *collector*. La plupart du temps, ils ne fonctionnent pas, sont tagués ou vandalisés par des voyous."

"Nous sommes tombés sur une rescapée ! C'est normal : l'Île aux Moines est un site protégé."

J'ai très rapidement expliqué au planton ce qu'il en était et étant sûr qu'il avait bien compris, j'ai raccroché au moment où il m'a demandé de décliner mon identité.

Un groupe d'adolescents passant en vélo sur la route de Penhap, j'ai décidé de déguerpir. J'ai coupé à travers la lande et ai rejoint le petit chemin balisé qui longeait la côte vers le sud. J'ai profité d'une sente en pente douce allant vers la mer pour me diriger vers une crique sablonneuse. Je
me suis assis sur le sable, Whysk à mes pieds.

Fébrilement, j'ai sorti le carnet et commencé à l'examiner. J'ai ôté le gros élastique noir qui le maintenait fermé. J'ai essayé de décrypter les pages jaunies, raturées et écornées. Sur les premières, différents numéros de téléphone. Ensuite des notes à caractère personnel. Je suis passé vite. Puis, mon attention s'est portée sur une série de dates dont la première était celle de cinq jours auparavant et la dernière d'hier. En face, toujours la même annotation : dix caisses.

À la page suivante, des chiffres : *1*, *2* , *1*... suivis du mot *paquets*. Cela ressemblait à un code. Je me suis demandé ce que cela voulait dire.

Sur la dernière feuille figurait une sorte d'adresse : *à deux cents mètres du Goret, dans le petit chemin, en retrait Ty-ma-mamm.*

"Ty-ma-mamm ? Ça veut dire quoi ?"

"Ce doit être du breton. Je sais que *ty* veut dire chez ou maison et *mamm*, c'est maman."

"Ce serait donc Chez ou Maison de ma mère."

"Donc c'est forcément une maison à deux cents mètres de l'anse du Goret."

"Tu vois, ça correspond à ce que Max et moi avons observé la nuit dernière. Mais une chose peut le confirmer : j'ai l'impression que la camionnette qui attendait sur la cale était celle de tout à l'heure, celle qui a failli nous renverser ! Malgré les conditions de visibilité nocturnes, ce véhicule était de couleur sombre."

"Bon, Mikajoh. Il faut retrouver cette maison. D'ailleurs, je suis sûr que j'ai les clés."

"Alors, qu'est-ce que l'on attend ?"

CHAPITRE 7

J'ai rejoint l'anse du Goret, en remontant vers le nord, par le chemin côtier aménagé par la municipalité pour visiter l'île. Rapidement, je suis arrivé à la petite plage. Il n'y avait personne, à part trois types qui s'affairaient autour d'un canot à moteur.

"Il faut remonter la route et à deux cents mètres, à main droite, il doit y avoir un chemin. Cette nuit, j'ai vu la camionnette tourner grâce à la lueur de ses phares."

"Ce n'était pas très discret mais tant mieux !"

J'ai suivi les indications de Mikajoh. Effectivement, au bout de cinquante mètres, un chemin creux débouchait sur la droite. J'ai compris pourquoi le chauffeur avait allumé les phares : la voie était très étroite, encombrée de ronces et de broussailles et la nuit dernière, la lune étant couchée depuis longtemps, il faisait très noir.

En examinant le sol, j'ai vu très nettement des traces de pneus. Il avait plu abondamment la semaine précédente et les stries des pneus étaient parfaitement visibles. De plus, les traces avaient séché ce qui avait conservé leur netteté.

Au bout de cent cinquante mètres, je suis arrivé à une barrière de construction sommaire. Elle était en bois et fermée par un câble de vélo à cadenas.

J'ai franchi la haie sur le côté et me suis trouvé devant une petite maison de pêcheur construite en granit. Gravée au frontispice de la porte d'entrée, une inscription : *Ty-mamamm. 1721*. J'en étais sûr, c'était là.

"Alors, satisfait, mon colonel ?"

"Bien vu, lieutenant Mikajoh ! Vous serez cité à l'ordre du 1er régiment de Detectivarium. Fermez le ban ! Maintenant, au travail."

J'ai vu tout de suite la camionnette bleu foncé stationnée à côté du pignon de la maison.

"Bingo ! s'exclama Mikajoh. C'est la camionnette ! Je la reconnais."

Je me suis dissimulé derrière un massif d'hortensias et j'ai observé l'ensemble du site. Pas de bruits. Visiblement, il n'y avait personne. J'ai décidé d'agir.

Avec Whysk sur mes talons, je me suis avancé vers le véhicule. J'ai posé la main sur le capot. Il était tiède. Compte tenu du temps écoulé entre le moment où la camionnette a failli nous renverser et maintenant, à peu près une demi-heure, j'en ai conclu que le chauffard avait dû revenir directement ici. J'ai attendu encore trois minutes, tous mes sens aux aguets. Je n'entendais rien. J'étais sûr qu'il n'y avait personne car Whysk avec son flair infaillible aurait immédiatement détecté une présence étrangère .

Après un dernier coup d'œil aux alentours, je me suis dirigé vers la porte d'entrée. J'ai sorti de ma poche, le trousseau de clés subtilisé au cadavre de la décharge et j'ai examiné attentivement la serrure. J'ai choisi celle des clés qui m'a paru le mieux convenir. Celle-ci a tourné sans bruit et je suis entré.

L'intérieur était agencé avec de vieux meubles rustiques style breton. Une grosse table de ferme, un lit-clos transformé en meuble à vaisselle, les deux inévitables assiettes en bois accrochées au mur - le breton enchapeauté et la bretonne en coiffe - tout cela n'était pas du meilleur goût.

Deux petites chambres donnaient dans la salle principale. Dans l'une, un lit était défait.

La cuisine, intégrée à la salle à manger, était en désordre. La poubelle n'avait pas été vidée depuis longtemps : des emballages de plats tout préparés en débordaient. Des casseroles, des assiettes et des verres sales dans l'évier attendaient d'être lavés.

Ces traces de vie domestique me permettaient de penser que visiblement la maison devait être un simple relais ou une planque. Une personne au moins passait ici de temps en temps ou y dormait.

Ce ne pouvait pas être l'homme à la mobylette venant d'être assassiné car il était sur le sinago lorsque j'étais à Irus avec deux autres individus. En comptant le chauffeur de la camionnette au Goret, la bande devait, à l'origine, comporter quatre hommes jusqu'à toute à l'heure. Donc, il en restait maintenant trois.

La personne qui couchait ici devait être l'homme de la camionnette du Goret.

J'ai mis Whysk dehors et lui ai ordonné de m'attendre derrière la haie devant la maison. Je savais qu'il me préviendrait si des *hostiles* arrivaient. J'ai poursuivi la visite. Revenant vers la cuisine, j'ai entr'aperçu, dissimulée sous un rideau en toile, une porte à droite de l'évier. Elle était fermée par un verrou de sûreté. Sur le trousseau de clés que j'avais en ma possession, j'ai choisi une clé ayant l'air de correspondre à la serrure. Bingo ! La porte s'est ouverte sans problème.

J'ai entendu Whysk aboyer juste une fois.

"Tu as entendu ? m'a dit Mikajoh."

Ma curiosité était la plus forte aussi j'ai trouvé une mauvaise excuse.

"Ce doit être un chat. Il y en a plein dans l'île."

La pièce était plongée dans l'obscurité. À tâtons, le long du dormant de porte, j'ai trouvé un interrupteur que j'ai actionné. Il y avait là, bien rangées, une cinquantaine de petites caisses en bois. Les couvercles étaient vissés. Cependant, l'une des caisses était entr'ouverte et j'ai aperçu des sachets en plastique contenant des petits cubes de matière brunâtre. Les sachets étaient tous bien rangés dans la caisse.

"Qu'est-ce que c'est que cette marchandise ?

"C'est tout simplement de la résine de cannabis, a répondu Mikajoh."

"Eh bien dis donc, il y en a pour du pognon."

Content de ma découverte, j'ai résolu de partir immédiatement et de prévenir Jean.

Brusquement, j'ai senti comme une présence derrière moi. Je me suis retourné et j'ai eu un haut-le-corps car je me suis trouvé nez à nez avec un homme muni d'un pistolet, un Lüger P08 :

— Alors, on se promène ? On visite ? Vous êtes agent immobilier ?

J'ai eu la trouille de ma vie. Je n'ai pas aimé son humour. Cela ne présageait rien de bon. Il a reculé doucement et, de l'autre main, m'a fait signe de sortir de la pièce. Il me regardait fixement de ses yeux noirs, perçants. Son visage glabre était bazané et une fine moustache ourlait sa lèvre supérieure. Il avait un léger accent espagnol.

Dans la cuisine, deux autres hommes étaient là. L'un était debout et tenait un mini UZI. Il était assez fort, un bonnet de laine enfoncé jusqu'aux yeux.

L'autre était accoté à la table. Il portait une barbe épaisse et des cheveux longs et sales. Un revolver, genre Smith et Wesson, était passé dans sa ceinture.

Les trois hommes étaient vêtus de la même manière : vareuse et pantalon bleu marine, l'uniforme des gens de mer. Ils avaient des visages peu engageants et je m'en suis voulu de ne pas avoir tenu compte de l'avertissement de Whysk. Et tout à coup, je les ai reconnus : c'étaient les trois hommes que j'avais croisé au Goret.

"Tu as l'air malin, maintenant, me dit Mikajoh. Qu'est-ce qu'on fait ?"

"Rien."

Celui qui m'avait fait signe de sortir, paraissait être le chef. Il m'a poussé brutalement vers un coin de la pièce et s'est adressé à l'homme qui était à côté de la table :

— Job ! Attache-le !

L'autre est revenu avec un rouleau de corde. Me prenant à la nuque, d'un coup de genou dans les reins, il m'a envoyé à terre, la tête contre le carrelage. S'asseyant sur moi, il m'a attaché les pieds, les bras et a terminé en passant la corde autour de mon cou. Il a fixé l'une des extrémités à mes pieds. Je ne pouvais plus bouger. Le moindre de mes mouvements m'aurait étranglé. Étant un marin, on pouvait lui faire confiance quant à la fiabilité et la solidité des nœuds qu'il avait utilisés.

— Alors, saucisson, a repris celui que j'avais baptisé le chef, t'as l'air malin maintenant. Job est un as pour ce qui concerne le matelotage : tu peux toujours essayer de tirer tes liens dans tous les sens, tu n'arriveras pas à te libérer.

"On avait compris, remarqua Mikajoh."

— On a eu de la chance de rentrer du Goret plus vite que prévu, a repris le chef. J'avais un pressentiment et puis ce chien que je n'avais jamais vu qui était là et qui s'est mis à aboyer... On a eu le nez creux de pénétrer sans bruit dans la maison. Heureusement que cet imbécile n'avait pas verrouillé la porte derrière lui.

Ils se sont mis tous les trois à ricaner.

— Yannick ! Fouille-le !

L'homme au mini UZI a glissé son arme dans une poche de sa vareuse, m'a retourné et a entrepris de me fouiller. Il a trouvé mon portefeuille, le carnet et le trousseau de clés. Heureusement, mon portable et le pont des anges que je portais dans une poche dissimulée dans l'épaisseur de mon ceinturon, vieille combine de routard, ont échappé à sa fouille. Il a posé ces objets sur la table.

Puis, il m'a soulevé et m'a assis sur une chaise.

— Bon ! Maintenant soyons sérieux. Que fais-tu ici et comment es-tu entré ?

— Je me promenais. Je suis de passage et je cherche une location. J'ai trouvé ce jeu de clés devant la porte de la maison et j'ai eu l'idée d'entrer. Je ne suis pas un voleur.

— Tu te payes ma tête ?

Le dénommé Yannick a montré le petit carnet au chef :

— Je le reconnais. Il appartient à ce salopard de Pedro, ce voleur à la petite semaine.

— Où as-tu récupéré ça ?

Puis se tournant vers Job :

— Je t'avais dit de le fouiller après l'avoir exécuté.

— Mais je te répète comment ça s'est passé : Pedro était assis à côté de moi dans la camionnette. Au moment que j'ai choisi, j'ai défouraillé et je lui ai tiré deux fois dessus. À ce moment-là, j'ai vu un vélomoteur qui roulait juste derrière moi. J'ai eu peur.

J'ai tourné à droite et pris la direction de la décharge. L'autre a continué tout droit. J'ai jeté Pedro à l'entrée. Craignant que d'autres gens n'arrivent, je suis reparti à toute vitesse. Je n'ai pas voulu descendre et le fouiller. Je ne pensais qu'à déguerpir le plus vite possible, rentrer ici garer la voiture et vous rejoindre au Goret.

— Je comprends mais tu aurais dû être plus prudent.

Se tournant vers moi :

— Où as-tu trouvé ça, pauvre pomme ?

J'ai eu une idée :

— C'est le chauffeur de la camionnette bleue qui l'a

jeté sur la route au moment où je passais. Je l'ai ramassé pour voir ce qu'il contenait.

— Quoi ? Dis donc, Job ! Tu te fous de moi ?

L'interpellé était rouge d'indignation.

— Mais enfin, tu ne vas pas croire ce type qui raconte n'importe quoi. Il dit ça pour que l'on se bagarre. En plus, j'y pense ! Comment a-t-il récupéré les clés. C'est en fouillant le cadavre de Pedro. Si ça se trouve, c'était lui qui me suivait en vélomoteur.

Mon stratagème n'avait pas marché.

"C'était quand même un peu gros. Méfie-toi, cela prouve qu'ils ne sont pas si bêtes que cela, a conclu Mikajoh."

J'ai regardé à nouveau le chef. Celui-ci me fixait avec un sourire ironique. Il a pris mon portefeuille et a commencé à en faire l'inventaire.

— Intéressant : Guillaume Delange, directeur de l'agence Detectivarium. Alors, le touriste, on est un privé ? Trop bête pour être à la maison poulaga. Ou alors, on a décidé de faire dans l'artisanat, dans la sous-traitance. On a pris la décision de ne pas faire dans l'honnête, dans la probité. Quelle époque ! Il n'y a plus de moralité, a-t-il maugréé.

"Défends-toi, est intervenu Mikajoh. Il n'y a pas de sots métiers. Si l'entreprise existe, c'est qu'il y a une demande !"

"Ce n'est pas le moment de lui faire un cours d'économie appliquée, ai-je répondu."

L'autre a repris :

— Tu ne me feras pas croire que tu es ici en touriste. Allez vide ton sac.

— Je vous assure que c'est vrai et je...

Une gifle que je n'avais pas vue venir, m'a interrompu. Cela faisait mal.

Il a continué à vider mon portefeuille. Il est tombé sur

une carte de visite des cousins que j'avais gardée, sur laquelle j'avais indiqué l'adresse de notre lieu de villégiature. Il l'a empochée. Délaissant ma carte bleue et mes différents papiers, il a pris le carnet et le trousseau de clés.

— Pour qui travailles-tu ?

Je n'ai pas répondu.

— Je répète : pour qui travailles-tu ?

Je me suis mis à sourire d'un air narquois ce qui a eu le don de l'exaspérer. Il m'a allongé un coup de poing au visage qui a failli me décrocher la mâchoire et m'a projeté à terre. J'ai essayé d'amortir avec l'épaule mais cela n'a eu pour effet que de m'étrangler un peu plus.

— Job ! Rassoie-le sur la chaise.

Son acolyte a exécuté l'ordre sans ménagement.

— Qui t'a payé pour enquêter sur nous ?

Se taire ne servirait à rien sinon à prendre davantage de coups. Aussi, j'ai décidé de parler un peu.

— J'ai été intrigué par le comportement de votre sinago mouillé sous Irus. Mais pas plus que ça. J'ai pensé que vous pêchiez la nuit, ce que beaucoup de pêcheurs font dans le Golfe.

— Et alors ?

— L'autre nuit, j'étais à la pêche sous Irus, lorsque vous êtes arrivés. Votre camarade, celui que vous avez assassiné, je l'ai aperçu sur le sinago. Hier matin, je l'ai repéré à la buvette-marchand de journaux du village alors que j'achetais mon journal. Il avait un tatouage bizarre à l'avant-bras gauche qu'il s'est empressé de cacher quand il a vu que cela retenait mon attention.

— Et après ?

— Il est tout de suite sorti, a enfourché un vélomoteur et a pris la route de Penhap. C'est pour cela que je fouinais dans le coin.

— Eh bien, je pense que tu n'as pas été trop inspiré et

tu aurais mieux fait de profiter autrement de tes vacances. Mais maintenant, M'sieu le directeur cela n'a plus aucune espèce d'importance.

Se levant, il a fait signe aux autres :

— Allez les gars ! On va charger les caisses dans la camionnette et on passe la came sur le continent.

Ils vidèrent assez rapidement la pièce de son contenu. Une fois le travail terminé, le chef s'est tourné vers moi :

— On revient en fin d'après-midi. On s'occupera de toi à notre retour, m'sieu le directeur de Detectivarium. Prépare-toi à mourir !

Sur ces paroles sinistres, ils sont sortis en verrouillant la porte et j'ai entendu un bruit de moteur qui s'éloignait.

CHAPITRE 8

Resté seul, j'ai écouté attentivement. Aucun bruit, aucun aboiement de Whysk. Cela m'a inquiété.

"Pourvu qu'il ne soit rien arrivé à mon chien."

"Faut sortir de là, me dit Mikajoh. Ils ont l'air déterminé. Je ne veux pas me retourner au paradis avec mes confrères. Ce serait d'un ennui épouvantable !"

"Je compatis. Moi aussi, je veux profiter encore de cette belle vie ! Surtout de ma Lorette et de mon Kévin."

Tout à coup, j'ai entendu Whysk. Il a aboyé et s'est mis à gratter la porte. Cela m'a rassuré car je craignais que ces crapules lui ai fait du mal.

— Whysk ! Couché ! Sage, le chien ! Tu restes !

Maintenant, je devais prendre la situation en mains ; il fallait absolument que je m'extraie de cette souricière dans laquelle j'étais bêtement tombé.

La priorité était d'enlever mes liens qui enserraient mes membres. J'ai regardé autour de moi et n'ai rien vu qui pouvait m'aider. J'ai eu l'idée de m'approcher de l'évier où était entreposée la vaisselle sale. A côté, sur un égouttoir, une casserole en fonte était en équilibre. En quelques secondes, un plan s'est mis en place dans ma tête. Je me suis laissé glisser de ma chaise puis j'ai rampé jusqu'à un petit tabouret à côté de l'évier. Tant bien que mal je m'y suis accroché et j'ai réussi à me mettre debout. La corde qui me tirait le cou en arrière, me faisait horriblement mal.

D'un coup de tête, j'ai fait basculer la casserole qui a atterri dans l'évier en brisant assiettes et verres. Plusieurs éclats de vaisselle cassée sont tombés à terre. A nouveau, je me suis laissé glisser sur le sol. J'en ai coincé entre mes poignets et j'ai commencé un mouvement de va-et-vient afin de couper la corde. C'était très difficile et douloureux.

Au bout d'une demi-heure, j'étais désespéré car je n'avais pas beaucoup avancé, la corde commençait à s'effilocher mais n'était pas tranchée. J'étais prisonnier de ces malfrats et je ne reverrais jamais Lorette et Kévin.

Cette pensée m'a donné un regain d'énergie et j'en ai oublié mes souffrances. J'ai redoublé d'efforts.

Au bout d'un moment, j'ai senti que la corde cédait cependant je n'ai pu dégager qu'une seule main.

"Bravo, Guillaume ! Tu t'es débrouillé comme un vrai Mac Gyver !" a commenté Mikajoh

J'ai essayé de me lever mais pris de vertige, je suis retombé par terre. Mes jambes étaient tellement engourdies qu'il m'était impossible de tenir debout. Comment sortir de cette situation critique ?

Il fallait prévenir Jean. Immédiatement, j'ai pensé à mon portable et au pont des anges que ces abrutis n'avaient pas trouvés.

J'ai pris le décision de transférer Mikajok dans Whysk afin que mon chien aille jusqu'au Goret qui serait le point de rendez-vous donné au cousin. Comme d'habitude, ce transfert ne m'enchantait pas mais là c'était vital.

J'ai donné les ordres à Mikajoh :

"Vous allez tout de suite au Goret et vous attendrez Jean. Vous revenez vite fait !"

"Bien, mon colonel."

"Ce n'est pas le moment de plaisanter."

Avec beaucoup de difficultés, de ma main libre, j'ai pu sortir le pont des anges et mon téléphone portable de la poche de mon ceinturon. Quand le transfert a été fait, j'ai entendu le chien courir à toute allure dans le chemin.

Toujours avec beaucoup de complications, j'ai empoigné ensuite mon portable et appelé le cousin.

— Jean ! Il faut que tu viennes le plus rapidement possible. J'ai localisé les malfrats. Ils me séquestrent dans une petite maison vers le Goret. Le nom de la maison est Ty-ma-mamm.

— Dans quel guêpier, t'es-tu encore fourré ? Il y a plus d'une maison par-là. Comment veux-tu que je trouve rapidement ?

— Mon chien t'attend à la cale du Goret et te guidera jusqu'ici. Je ne peux pas sortir. Je suis attaché. Je n'ai pas réussi à me libérer complètement. Prends tes précautions ! Nous avons affaire à des tueurs. Ils sont trois. Pour l'instant, ils ne sont pas là mais ils ne vont pas tarder à revenir.

— J'arrive le plus vite possible. Serre les dents.

Je les ai attendus pendant une heure durant laquelle j'ai voulu libérer mes jambes. Mais les nœuds étaient tellement serrés et bien faits que je n'y suis pas arrivé même en utilisant le bout de verre qui m'avait servi pour me dégager une main. En effet, il commençait à bien s'émousser.

Au bout d'un temps qui m'a paru une éternité, d'autant plus que je craignais à tout moment le retour des malfrats, j'ai entendu un aboiement joyeux. C'était Whysk.

Une des fenêtres a été enfoncée et un homme est entré en pointant vers moi un PM Beretta. Jean le suivait :

— Vite, détache-le ! On se tire. Je ferme la fenêtre pour ne pas attirer l'attention.

Avec son poignard, le collègue de Jean a coupé mes liens. Il m'a porté sur son dos jusqu'à l'extérieur, mes jambes refusant de me soutenir, pendant que Jean s'occupait de la fenêtre.

Nous nous sommes dirigés derrière la haie du côté gauche du chemin. Outre Jean et mon sauveur, trois hommes étaient là. Jean m'a présenté à ses collègues :

— Emmanuel qui t'a aidé, est mon ajoint principal. Les autres sont des stagiaires frais émoulus de l'École de Police de Saint Cyr au Mont-Dore. Bon ! Maintenant, raconte.

Je lui ai narré tout ce que j'avais pu découvrir depuis notre dernier contact du matin : ma promenade vers Penhap pour essayer de dénicher éventuellement l'endroit où les caisses étaient stockées, la camionnette qui avait failli nous renverser, le cadavre à l'entrée de la décharge qui était l'homme que j'avais filé jusqu'à Vannes, le carnet, les clés, mon coup de téléphone aux gendarmes, Ty-ma-mamm, mon intrusion, les trois tueurs me faisant prisonnier, ma séquestration et ma délivrance.

— Bon, ils ne vont pas tarder d'après ce que tu viens de dire. On va leur monter une embuscade et essayer de les choper. Les quatre hommes qui m'accompagnent ont été formés à ce genre d'action.

Il s'est retourné vers eux et leur a dit quelques mots. Le commando s'est dispersé sur le terrain et je n'ai plus rien entendu.

— Reste avec moi, me dit Jean. On va passer sur le côté de la maison et nous poster sur cette petite butte afin de surveiller les opérations. D'ici, on voit tout le chemin et l'entrée de la maison.

Je l'ai suivi en boitant et l'attente a commencé.

Trente minutes plus tard, on a entendu un bruit de moteur et la camionnette bleue s'est engagée en marche arrière vers l'entrée de la maison. Celui qui m'avait interrogé était au volant. Il s'est arrêté devant la barrière. Deux hommes sont descendus.

— Ce sont bien eux, ai-je soufflé à Jean.

Brusquement, Emmanuel, a surgi devant eux et a crié :

— Ne bougez pas ! Vous êtes en état d'arrestation !

Le dénommé Yannick a sorti son mini UZI de sa vareuse et a tiré une rafale dans notre direction.

Emmanuel qui s'y attendait a plongé à terre. Job a dégagé de sa ceinture son Smith et Wesson mais avant qu'il n'ait pu intervenir, de courtes rafales ont été tirées des haies jouxtant le jardin. Les deux tueurs sont tombés.

Dès le début de cette courte échauffourée, le chef des gangsters qui était resté au volant, est reparti à toute vitesse dans le chemin creux. Emmanuel a lâché une rafale en direction du fuyard mais c'était trop tard, celle-ci disparaissait dans le virage.

— Aux résultats ! a crié Jean que j'ai suivi en courant avec Whysk.

Job gisait à terre dans une mare de sang. Pour lui, c'était fini. Il n'aurait plus l'occasion de pratiquer son art du matelotage. Quand à Yannik, il était grièvement blessé.

Les gendarmes que Jean avait prévenus, sont arrivés une demi-heure après avec une équipe de premier secours. Ils ont placé le mort dans une housse en plastique et installé le blessé sur un brancard, lui branchant un goutte-à-goutte et un masque à oxygène. Ils les ont embarqués dans l'un des deux véhicules qui est reparti. Les autres gendarmes ont investi la maison.

— Avez-vous croisé une camionnette de couleur bleue ? a demandé Jean à l'un des gendarmes.

— Non, on n'a pas fait vraiment attention. Nous étions attentifs à trouver cette maison isolée.

J'ai senti une pointe de colère dans la voix de Jean quand il a apostrophé les pandores :

— Je veux un rapport complet demain à huit heures.

— Bien, m'sieu l'agent, a répondu, avec un petit sourire en coin, le major, commandant le détachement.

— Ces bidasses, a maugréé le cousin, ils se figurent toujours qu'ils tiennent le haut du pavé !

Jean était furieux. Il fallait faire un rapport, justifier son intervention et remplir tout un tas de papiers administratifs. Sa soirée était fichue : Catherine irait au théâtre, toute seule, voir *Les caprices de Marianne*.

— Tu as de la chance. Toi, tu es en vacances, Guillaume. Pas moi. Je t'en prie, maintenant, mets-toi en veilleuse et laisse-nous conclure l'affaire.

— Je te le promets, cousin. Je rentre et je m'occupe de ma petite famille. Je ne bouge plus.

— À bon entendeur...

Jean et son commando qui était arrivés en hors-bord de Vannes sont redescendus vers le Goret. Je suis monté avec mon chien dans le second véhicule de gendarmerie. Ils m'ont laissé au Lério. Whysk sur mes talons, j'ai repris le chemin de la Grimpette et je suis arrivé à la maison. À l'aide du pont des anges, tout en marchant, j'ai récupéré Mikajoh.

CHAPITRE 9

En ouvrant la porte de la maison, j'ai été surpris par le silence qui y régnait. J'ai appelé Lorette et Kévin. Personne ne m'a répondu.

Rapidement, j'ai fait le tour de la propriété et je me suis rendu à l'évidence : il n'y avait âme qui vive alentour.

Je me suis dit que Lorette avait dû sortir pour discuter avec notre voisine, une vieille dame avec laquelle elle avait sympathisé. Celle-ci habitait la maison d'à côté.

Je me suis rendu chez elle. Elle était en train d'arroser son jardin.

— Bonsoir, madame Le Goadec. Je cherche Lorette. J'ai pensé qu'elle était peut-être chez vous ?

— Non, monsieur Delange ! Je ne l'ai pas vue depuis ce matin. Je m'ennuyais du petit. Mais Gast ! Comme elle avait de la visite, je ne me suis pas inquiétée.

— De la visite ? Vers quelle heure ?

— En fin d'après-midi. Trois messieurs sont venus la voir. Je les ai observés de ma cuisine. J'ai pensé qu'ils étaient de vos amis bien qu'ils aient une allure bizarre.

— Quelle allure avaient-ils ?

— Il s'agissait certainement de marins. Cependant, ils avaient un drôle d'air. Ils n'arrêtaient pas de regarder vers ma maison. Je ne les jamais vus par ici.

— Ils sont rentrés chez nous ?

— Je ne sais pas, monsieur Delange, car mon téléphone a sonné dans ma chambre. C'était cette vieille pie bavarde de Séraphine. Elle m'a tenue une demi-heure au moins. Quand j'ai raccroché et que je suis retournée à ma cuisine, il n'y avait plus personne devant chez vous.

— Merci, madame Le Goadec. Bonne soirée !

En courant, je suis retourné vers la maison. Je suis entré en trombe dans la salle à manger et j'ai visité chaque pièce. Le ciré de Lorette et le cabic de Kévin n'étaient plus à leur place habituelle.

"Ils ont dû sortir, me dit Mikajoh."

"À cette heure-ci ? C'est plutôt l'heure de dîner. Et le repas devrait être prêt."

"Peut-être que Lorette a eu besoin de quelque chose au dernier moment. Allons voir au village."

"C'est bizarre ! Elle n'a rien préparé et le couvert n'est même pas mis ! Bon, tu as raison. Allons vérifier."

En courant, j'ai pris le chemin vers le bourg. Tout était fermé. Seuls des touristes commençaient à s'installer à la terrasse des restaurants et des crêperies.

"Le mieux est de rentrer, me dit Mikajoh. On réfléchira sur place. Peut-être verra-t-on des détails qui nous auront échappé tout à l'heure.

Revenus à la maison, j'ai fouillé partout sans laisser échapper le moindre détail. Je n'ai rien trouvé : je n'avais aucun indice. J'étais complètement affolé.

"Calme-toi, assois-toi et essaie de réfléchir, m'a dit Mikajoh. Tu a oublié un léger détail : à aucun moment, tu n'as pensé aux trois visiteurs. Qui sont-ils ? Ceux qui nous ont sequestré à Ty-ma-mamm ? Ou d'autres, des complices peut-être ?"

Je n'étais plus en état de réfléchir logiquement. Tout cela était de ma faute. “Laisse faire les pros !” m'avait dit Jean. Il avait raison. Me croyant plus malin, je pensais que j'étais le meilleur et qu'avec Mikajoh, j'étais capable de résoudre n'importe quelle énigme.

Dans cette aventure, j'avais fait des erreurs élémentaires. Un vrai débutant. J'aurais dû n'avoir aucun papier permettant de m'identifier et de savoir d'où je venais. Mais, j'étais en en vacances...

"Ne te cherche pas d'excuses ! Tu n'en as pas, m'a interpellé Mikajoh."

J'ai explosé :

"Ça va, n'en rajoute pas !"

"Bon, excuse-moi."

Il s'est tu pendant quelques minutes. Puis :

"On pourrait faire travailler Whysk. Bien qu'il connaît leur odeur, fais lui sentir quand même des vêtements que Lorette et Kévin ont porté récemment."

"C'est une bonne idée. La piste est relativement fraîche, moins de trois heures."

"Essayons. Si cela ne donne rien, j'appelle Jean."

Whysk a reniflé les affaires que j'étais allé chercher dans le sac à linge sale. J'ai tout de suite observé que Whysk semblait nerveux. Nous sommes sortis de la maison. Il n'arrêtait pas de renifler, de venir vers moi, de repartir vers la porte et de tirer sur la laisse que je lui avais mise.

"C'est sûr qu'il sent une piste."

"C'est ce que je pense. Suivons-le."

Whysk a pris le chemin de la Grimpette et nous avons rejoint rapidement la route qui menait à la pointe du Trech'. Là, il a semblé hésiter. Il fouinait dans tous les sens, humait, revenait puis brutalement, au lieu d'aller vers le bourg, il est parti en sens inverse vers le Trech'. Il s'est mis à courir sur la route. Je l'ai suivi aussi vite que j'ai pu.

Un kilomètre plus loin, il s'est arrêté, est allé dans un bouquet de genêts qui bordait la route et est revenu fièrement avec un objet entre les crocs. Il l'a déposé devant moi. C'était la tétine de Kévin. Elle était caractéristique : Lorette avait fabriqué un scoubidou en laine rouge et bleue qu'elle avait attaché à l'anneau. Mon sang n'a fait qu'un tour.

— Cherche, mon chien ! Cherche !

Whysk a repris la route vers le Trech'. Nous sommes arrivés au rivage. Il s'est arrêté, a cherché partout, est allé jusqu'au bout de la cale et s'est mit à geindre. Puis, il s'est assis en gémissant.

"C'est évident que Lorette et Kévin ont été emmenés sur un bateau puisque la piste s'arrête là. Où peuvent-ils être maintenant ? Sur le continent ? Sur une autre île ?Sur le chalutier en pleine mer ?"

"Je penche pour le continent, dit Mikajoh. C'est plutôt une intuition. En attendant, on devrait retourner à l'endroit où l'on a trouvé la tétine afin de voir s'il n'y a pas autre chose."

Nous avons refait le trajet en sens inverse jusqu'à l'endroit de notre découverte. Un sentier étroit à moitié bouché par des branches assez basses de sapins conduisait à une propriété visiblement fermée. Je n'ai rien trouvé de particulier malgré tous mes efforts.

"Où chercher maintenant ? Où sont ces gangsters ? Sur les trois, un est mort et l'autre ne vaut guère mieux : on ne peut plus rien en tirer. Le troisième, le chef, est en fuite et a disparu. Je vais téléphoner à Jean pour lui dire ce qui s'est passé ici ?"

"Attends ! Il ne faut pas mettre la vie de Lorette et de Kévin en danger. Je ne dis pas ça pour les flics. Avant d'en arriver là, il faut qu'on se débrouille. J'ai une idée : on va aller voir ce qui se passe du côté du sinago."

Je l'avais oublié celui-là. L'idée de Mikajoh m'a

redonné du tonus ; l'action m'empêcherait de ressasser des idées noires.

Je suis revenu chez les cousins.

"On a faim. Faut bouffer pour se remettre en selle. Prépare un ou deux trucs et je vais te soumettre une petite idée, m'a dit Mikajoh."

"Si ça te dis..."

J'ai trouvé dans le réfrigérateur des pommes de terre et des oignons que Lorette avait fait rissoler pour une omelette qu'elle aurait certainement préparée pour le repas de ce soir. Serrant les dents, j'ai apprêté le dîner.

Je me suis forcé à manger. C'était plutôt pour faire plaisir à Mikajoh.

"À la bonne heure, dit Mikajoh. Ça va mieux. Bon, réfléchis ! Les tueurs ont découvert qui tu étais : un privé et, en prime, l'endroit où tu séjournes. Ils se demandent quelles informations tu peux détenir. Ils ont du temps devant eux. Ils vont en profiter pour faire leur propre enquête et agir. Cela leur est facile. Ils découvrent Lorette et Kévin. Ils l'abordent sous n'importe quel prétexte : tu as eu un accident, tu veux la voir. Est-ce que je sais ? Affolée, elle les suit en laissant tout en plan. Et voilà."

"Pourquoi ? Que vont-ils faire à Lorette et Kévin ?"

"Ils ont agi ainsi car maintenant, ils ont barre sur toi. Je pense que leur chef n'était pas sérieux quand il a prétendu qu'il allait te tuer. S'il l'avait vraiment décidé, il aurait mis sa menace à exécution immédiatement et tu ne serais plus là pour que nous en parlions."

"Tu crois ?"

"J'en suis sûr !"

"Pourtant, ils n'ont pas hésité à liquider l'homme au tatouage !

"Ce n'est pas pareil : celui-là était des leurs et il les

avait trahis et volés. Ce sont des malfrats mais ils ont leur code d'honneur."

"Moi, je ne fais pas partie de leur univers donc leurs lois ne s'appliquent pas. C'est ça, non ?"

"Exact. Tu ne présentes pas un réel danger pour eux. C'est la raison pour laquelle ils ont enlevé les tiens afin de te neutraliser. C'était suffisant."

"Oui, mais maintenant la donne a changé. Deux sont hors de course et le troisième a de bonnes raisons de penser que je suis pas aussi inoffensif que cela et que je peux présenter un réel danger."

"Eh bien, ceci est excellent ! L'enlèvement de Lorette et Kévin est un atout pour le chef de cette bande aussi il devrait prendre contact avec toi dans peu de temps, afin d'essayer de te neutraliser et de dicter ses conditions."

J'ai réfléchi à ce que pensait mon ange gardien. Ce n'était pas bête et je souhaitais ardemment qu'il ne se trompe pas.

"En attendant, le mieux est de partir explorer le sinago pour essayer de trouver d'autres renseignements puis ensuite, de prévenir le cousin, conclut Mikajoh."

CHAPITRE 10

Je me suis préparé pour cette visite nocturne du sinago. Après m'être habillé chaudement, j'ai pris une **Marie-Louise** dans la caisse à outils de Jean. Cet outil me permettrait d'ouvrir tout et également de me servir d'arme de défense.

J'ai vérifié ma lampe de poche et le niveau d'essence de la nourrice du moteur du canot. J'ai décidé d'emmener Whysk. Je suis sorti de la maison et j'ai pris le chemin du Lério.

À mi-chemin, j'ai rencontré Gildas, le passeur qui rentrait chez lui, son service terminé. Il était accompagné de son chien, un corniaud de pure race qui était devenu un bon copain de Whysk :

— Bonsoir, monsieur Delange. Alors, on promène son chien ? Qu'il est beau ! Il a l'air de bien s'entendre avec le mien. Excusez-moi, je rentre, je suis crevé. J'étais seul à assurer le service aujourd'hui. Cet après-midi, il a fallu que je passe une camionnette sur la barge en plus du service des voyageurs. Son propriétaire, une espèce d'étranger était un type mal élevé qui ne voulait pas que je touche à son véhicule. Tu parles ! Une fourgonnette bleu foncé toute cabossée. Il a eu du mal à la garer sur la barge car elle devait être chargée à ras bord. Forcément, il n'a pas l'habitude.

— Une camionnette bleue ? Vers quelle heure ?

— Vers quatre heures. Ça m'a fait prendre du retard pour le passage. Enfin !

Eh bien, bonsoir et à demain, monsieur Delange !

J'ai répondu à son salut et j'ai accéléré le pas pour rejoindre le bateau de mon cousin.

"Un des trois a repassé la camionnette sur le continent. Il faut vérifier cela rapidement. Dépêchons-nous d'aller explorer le sinago puis de prendre contact avec le cousin de Lorette, a suggéré Mikajoh."

La lune allait vers son couchant mais le ciel étant dégagé, j'ai aperçu distinctement l'île d'Irus et le bateau au mouillage. Le chien a sauté dans le canot et j'ai démarré le moteur. J'ai longé la pointe du Trech' puis j'ai atteint le courant. Le jusant m'a déposé comme une fleur au sinago.

"Tu deviens un vrai de loup de mer !"

"Ça suffit, Mikajoh, je n'ai pas le cœur à plaisanter."

"Ne t'inquiète pas. On va s'en sortir."

Il voulait me remonter le moral et il n'y arrivait pas. J'étais angoissé. Une douleur me serrait la poitrine. J'avais l'impression d'avoir une boule qui m'empêchait de respirer.

À faible portée du sinago, j'ai stoppé, sorti mes jumelles et examiné attentivement le bateau. Visiblement, il n'y avait personne à bord. À vitesse réduite, j'ai longé le sinago et coupé le moteur au moment où j'ai atteint sa chaîne d'ancre.

"Tu es sûr qu'il n'y a personne à bord. Si par hasard le chef de bande était là, alors nous serions dans de beaux draps !"constata Mikajoh.

"Moi, je voudrais exactement le contraire car ce serait le signe qu'ils sont à bord. Malheureusement, je n'ai pas vu âme qui vive."

Avec quand même une certaine appréhension, j'ai pris un bout à l'avant du canot et l'ai **frappé** sur la chaîne d'ancre.

À l'aide de celle-ci, je me suis hissé à bord. Au passage, j'ai noté le numéro de la plaque d'immatriculation du bateau : VA2233. Je n'y avais pas prêté attention la première fois.

Tout était en ordre à bord. Les voiles avaient été **carguées** sur les vergues **amenées** et mises bas sur le pont puis attachées aux taquets de tribord. Idem pour le **bout-dehors** qui avait été rentré et sur lequel le clin-foc, le **foc** et la trinquette étaient également **carguées**.

Je me suis dirigé vers la **poupe**. Au niveau de l'**arcasse**, un banc étroit intégré à la coque du bateau tenait toute la largeur. En son milieu, j'ai distingué une petite porte fermée par un cadenas. J'ai sorti la marie-louise de mon sac et cela a été un jeu d'enfant de le faire sauter.

Allumant ma torche, j'ai fouillé partout. Il y avait des lignes de traînes, des hameçons sur simples lignes ou montés en **mitraillette**, différentes tailles de plombs. Je n'ai rien découvert de suspect.

Je suis revenu vers la **proue** et j'ai examiné le pont. J'ai aperçu une petite trappe. Pas de serrure. J'ai essayé de la forcer avec la marie-louise : rien n'y a fait. L'examinant de plus près, j'ai vu une chevillette dissimulée dans une rainure du pont. Je l'ai tirée doucement et la bobinette a chu, découvrant une petite ouverture.

M'éclairant à l'aide de ma torche, j'ai vu qu'il s'agissait d'un petit compartiment de faible volume. Apparemment, il était vide. J'étais désespéré. Cette cachette devait quand même bien contenir quelque chose. Finalement, en passant la main vers le haut, j'ai senti un objet. Une boîte était fixée là, sous les lattes du pont. Je l'ai arrachée et l'ai ouverte.

Elle contenait différents documents que j'ai examinés. Il y avait le **rôle** d'équipage que j'ai parcouru rapidement. Le nom de l'armateur : International Holding dont le siège se situait à Arradon. Les noms des membres de l'équipage : le capitaine s'appelait José Aznarez, c'était certainement celui que je pensais être le chef de la bande. J'ai reconnu les prénoms de mes tortionnaires : Job, Yannick et un autre dénommé Pedro, celui retrouvé mort à côté de la décharge. Le rôle avait été établi récemment.

J'ai découvert un autre papier : celui-ci m'a paru être le plus intéressant. C'était un acte de cession de propriété de ce bateau, immatriculé VA2233, appartenant à madame veuve Le Merrer à la International Holding. J'ai pris tous ces papiers et les ai empochés. J'ai refermé la trappe.

Je me suis assis sur le liston du sinago et me suis mis à réfléchir. Que faire ? Comment retrouver en pleine nuit cette société, International Holding à Arradon ? Rentrer à l'Île aux Moines ? Pour faire quoi dans cette maison ? Attendre ? Attendre des nouvelles d'Aznarez et de mes chéris ? Rien n'était moins sûr !

"Il faut passer à l'action, me souffla Mikajoh. On ne peut pas rester comme ça sinon tu vas faire une dépression. Réagis !"

"Tu as raison. Le mieux, c'est que je téléphone à Jean pour lui donner les dernières informations."

"Oui, lui seul, à l'aide des services administratifs, a les moyens de dénicher cette société et la camionnette."

J'ai entendu sonner dix heures au clocher d'Arradon. Il n'était pas si tard. Jean devait encore être au travail. Je l'ai appelé sur son numéro spécial.

— Bonsoir Guillaume ! Que t'arrive-t-il encore ?

Il avait une voix assez joyeuse.

— Lorette et Kévin t'ont-ils bien réconforté après notre aventure au Goret. Je suis en train de faire mon rapport en attendant ta cousine qui doit revenir du théâtre. J'aurais bien voulu voir *Les caprices de Marianne* mais le boulot à aussi les siens.

Je n'ai su que répondre. Il avait fait son travail. Il fallait le laisser tranquille.

"Non, me dit Mikajoh, accroche-toi. Dis-lui tout, c'est trop important."

— Jean, il faut que je te dise. J'ai un gros problème. Lorette et Kévin ont été enlevés, soufflai-je.

— Quoi ? hurla-t-il. Dis-moi tout. Je t'écoute. N'omets aucun détail.

Je lui ai tout raconté par le menu, après que les gendarmes m'eurent raccompagné au Lério : la disparition de Lorette et de Kévin, la piste jusqu'à la pointe du Trech', la camionnette bleue passée sur le continent, mon escapade sur le sinago et mes récentes découvertes.

— Où es-tu ?

— Toujours sur le sinago.

— Tu reprends le canot et tu vas jusqu'à la cale de Port Blanc. Tu m'y attends. Surtout pas d'imprudences. À tout à l'heure.

Je suis redescendu dans le canot où Whysk m'attendait, j'ai démarré et mis le cap sur Port Blanc. J'y suis arrivé assez rapidement car c'était encore jusant. J'ai débarqué, accroché un bout sur un anneau de la cale et j'ai attendu le cousin.

Vingt minutes après, une voiture banalisée s'est arrêtée dans un crissement de pneus en haut de la cale. Le chauffeur a fait immédiatement demi-tour, a coupé le contact et est resté assis au volant. Trois hommes sont sortis rapidement du véhicule. L'un était Jean. J'ai reconnu l'autre : c'était Emmanuel, celui qui m'avait délivré à Ty-mamamm. Je ne connaissais pas le troisième. Jean est venu vers moi en courant. Je savais qu'il voudrait que je reparle des informations que je lui avaient données et ce fut le cas :

— Guillaume ! Raconte ! Il ne faut pas oublier un seul détail. Tout est important. Je t'écoute.

Je lui ai exposé l'histoire à nouveau, de façon plus précise que ce que j'avais pu lui dire par téléphone. Il m'écoutait les yeux fermés. Il gravait tout dans sa mémoire. Pour plus de sécurité, son collègue avait mis en marche un petit enregistreur afin de ne rien perdre de toutes les informations que j'ai données.

Lorsque j'ai terminé mon récit, Jean m'a éclairé sur certaines questions que je me posais :

— Nous avons trouvé le propriétaire de Ty-mamamm. Il s'agit d'une société : la Franco-Libanaise d'Import-Export. Ce doit être une compagnie écran dont le siège social se trouve aux Antilles, à Saint Bart, un paradis fiscal. Maintenant, ce qui me paraît intéressant, c'est ce titre de propriété du bateau Il appartient à la International Holding, dont le siège est à Arradon. Attends un peu.

Il prit son téléphone :

— Salut Le Guenn ! C'est Bodret. Tu bosses encore ? J'ai de la chance. Tu te débrouilles pour m'obtenir tous les renseignements sur la société intitulée International Holding. Qui sont ces pékins ? Réveille tous les services de la préfecture s'il le faut car j'ai absolument besoin du renseignement d'urgence. Tu me rappelles. Grouille-toi !

Au bout de cinq minutes, son téléphone a sonné :

— Oui, Le Guenn ?

Jean a pris un calepin et a noté fébrilement les renseignements que lui dictaient son interlocuteur.

— Tu en es sûr ? Beau boulot ! Tâche d'obtenir le maximum de renseignements sur lui et essaye de faire le rapprochement avec la Franco-Libanaise d'Import-Export.

Il s'est tu, a raccroché puis a recomposé un autre numéro.

— Allo, Le Mentec ? Salut, c'est Brodet. J'ai besoin d'un peloton de gendarmerie et d'un commando d'intervention au point suivant : résidence de Penmern, à Arradon. Le propriétaire : docteur Karl von Strafenwald. Préparez-vous pour action dans une heure à mon ordre. Passez sur fréquence 3. Vous me confirmez quand tout est en place. N'oublie pas la *rog* pour la *perquise*(1).

Il s'est tourné vers moi :

— Il faut toujours être très administratif, maintenant. Sinon, nous, les poulets, nous sommes les gangsters, les malfrats, ceux qui ont toujours tort quoi que nous fassions. Enfin !

Bon ! On y va. Ce n'est pas loin. On y sera dans dix minutes. En attendant la mise en place du dispositif, on va vers une petite reconnaissance, histoire de se mettre en train.

Puis Jean s'est arrêté et a ajouté :

— Par ailleurs, j'ai eu une information intéressante. J'ai les renseignements concernant la International Holding. Son PDG s'appelle Karl von Strafenwald et l'adresse de sa résidence à Arradon. C'est la même adresse que celle du siège de la International Holding.

— Je suis étonné par l'efficacité de vos services car cela n'a pas pris plus de cinq minutes.

— D'abord, ce que l'on ne montre pas dans les feuilletons débiles que l'on passe à la télé, c'est que les services de police ont été très largement modernisés. Par exemple, au niveau informatique : les logiciels très sophistiqués que nous utilisons nous permettent d'obtenir très rapidement les renseignements dont nous avons besoin. De plus, nous sommes interconnectés avec les bases de données des services de police ou de gendarmerie des différents pays étrangers européens ou certains pays alliés.

Par ailleurs, les laboratoires de la police scientifique sont remarquablement équipés et les matériels sophistiqués que l'on y trouve, feraient mourir d'envie beaucoup de chercheurs du CNRS.

Nous sommes montés dans la voiture. Whysk n'a pas été le dernier.

(1) La commission rogatoire pour la perquisition.

CHAPITRE 11

À allure réduite, en suivant une route caillouteuse toute proche du littoral, nous sommes arrivés près de l'entrée principale du domaine de Penmern. Il s'agissait d'un lotissement situé en bordure de mer où des résidences de luxe avaient été construites.

Jean a donné l'ordre au chauffeur de s'arrêter dans une impasse sur la droite. Nous sommes descendus puis le chauffeur a manœuvré afin de remettre le véhicule en sens inverse.

Les deux collègues de Jean ont ouvert le coffre. L'un a pris un Ingram MAC 10 et l'autre un Winchester 1200 à pompe dont il a empli le magasin avec huit cartouches de **chevrotines** triple zéro. Pour faire bon poids, il a mis deux boîtes dans ses poches.

Le cousin se contenta de vérifier que son Sig Sauer jouait bien dans son holster.

"Tu te rends compte de l'arsenal !"

"Et alors ? m'a fait remarquer Mikajoh. Ce sont leurs outils de travail. Le menuisier a son rabot et sa varlope, le serrurier, ses limes, le maçon, sa truelle et son fil à plomb. Ben eux, c'est pareil ! De plus, j'ai observé qu'ils avaient des outils d'excellente qualité ce qui dénote dans leur corporation, une grande conscience professionnelle et certainement un souci minutieux dans le soin du détail et pour la finition de leur ouvrage. Malheureusement, à notre époque, l'esprit du travail manuel se perd, il commence a avoir du laisser-aller dans certaines confrérie !"

— On y va ! a commandé Jean. Pas de bruit. On va essayer de passer par l'entrée des artistes.

S'adressant au chauffeur :

— Pierre, tu nous attendras. Ah ! J'ai oublié de faire les présentations. Mes adjoints : Emmanuel que tu connais déjà. Pierre et Raymond sont également officiers de police, des officiers un peu spéciaux.

Il a sourit et se tournant vers eux :

— Voici, Guillaume, un cousin. C'est un privé.

Pierre et Raymond, deux grands gaillards, d'allure sympathique, certainement rompus aux différents sports de combat me serrèrent la main. J'ai cru qu'elle venait d'être écrasée dans un étau quand Raymond m'a laissé mes cinq doigts en souriant gentiment.

Nous avons longé un mur descendant vers la mer. Arrivés à un petit bois, nous avons aperçu un portillon en fer. Emmanuel a sorti une lampe de poche et a examiné les serrures.

— Pas de problème.

Il a sorti d'une mallette un jeu de ouistitis. Il en a choisi un qu'il a introduit dans le serrure et, en un tour de main, la porte a été ouverte.

"Tu vois que ce sont de sacrés manuels !"

"C'est pour cela qu'ils réussissent dans la vie plus facilement et plus intelligemment que ces pauvres ignares d'intellectuels !"

Nous sommes entrés dans le parc. Emmanuel a repoussé la porte sans la fermer complètement. Il l'a juste calée à l'aide d'un morceau de bois afin de donner l'illusion qu'elle était fermée.

— Tu as raison, a remarqué Jean. On ne sait jamais ce qui peut se passer. Il faut toujours bien chiader son chemin de repli !

Notre groupe a commencé à avancer sur le sentier partant de la porte.

— Il n'y a pas de chiens sinon ils seraient déjà là, a remarqué Raymond.

À une centaine de mètres, nous avons aperçu une grande bâtisse. Elle était éclairée a giorno[1]. On entendait de la musique. Visiblement, une réception était donnée. En approchant discrètement, nous avons vu que la terrasse et le jardin à proximité étaient bourrés de convives.

Tout-à-coup, j'ai fait signe aux autres de s'aplatir derrière les buissons. Je venais d'apercevoir le capitaine Aznarez venant du parc et se dirigeant vers les communs :

— C'est ce type qui était à Ty-ma-mamm et m'a retenu prisonnier. C'était lui le chef !

Je tremblais de fureur, j'aurais voulu lui sauter à la gorge pour qu'il m'avoue ce qu'il était advenu de ma Lorette et de mon Kévin. Devinant mon envie, Jean a posé sa main sur mon bras.

— Calme-toi. On va se le faire quand son tour viendra ! Je te donnerai la priorité.

Nous avons repris le guet.

— Il se dirige vers le garage, a observé Jean. Raymond ! Il faudrait que tu l'interceptes et que tu le ramènes ici tout de suite.

À ce moment, un individu est sorti de la villa et s'est dirigé vers lui. Ils se sont mis à parler ensemble.

— Stop ! a ordonné Jean, on chouffe.

Leur conversation a duré deux minutes. Aznarez s'est

(1) Qui est semblable à la lumière du jour.

dirigé vers la villa. Par contre, son interlocuteur est venu droit vers nous.

— Repli vers la gauche, a décidé Jean. À toi de jouer, Raymond. Ramène-le. Quant à toi, Emmanuel, comme la voie est libre, va visiter le garage.

Je n'ai même pas vu disparaître les adjoints de Jean tant ils ont été discrets. Nous nous sommes cachés dans un buisson à une trentaine de mètres et nous avons attendu. Pas très longtemps.

Emmanuel est revenu le premier :

— À part la camionnette bleue, il y avait une Ferrari, une Lamborghini et une Mercedes. Par ailleurs, il y avait un impact de balle à l'arrière du véhicule. J'étais sûr de l'avoir touché quand il a pris la fuite à Ty-ma-mamm !

— C'est bon. C'est déjà un bout de preuve. On l'inspectera en détail plus tard.

Soudain, un bruit de vibreur. Jean a sorti un talkye de son blouson :

— Fréquence 3 ! De Brodet ! J'écoute.

— ...

— Salut, Le Mentec.

— . . .

— O.K.. Les bidasses sont en place. Tout est bouclé. Super ! Deux hélicos ? C'est Versailles ! Vous effectuerez l'assaut quand je donnerai l'ordre au premier ventilo d'atterrir dans le jardin. On garde le second en réserve. Terminé !

Tout-à-coup, Raymond a réapparu. Il portait le type avec lequel Aznarez parlait sur la pelouse, inerte, sur ses épaules. Il l'a jeté plus qu'il ne l'a déposé à nos côtés.

— Tu ne l'a pas trop abîmé, au moins ?

— Il n'était pas très coopératif mais c'est rentré dans l'ordre.

"Tu as vu ? Son nez saigne et son œil commence à virer au noir. C'est curieux, ces marins, ces gens de mer qui éprouvent toujours le besoin de faire des discours alors qu'on leur demande des choses très simples."

"Oui, Mikajoh. Chaque corporation à ses usages donc ses qualités et ses défauts."

— Ranime-le, Raymond !

Ce dernier a pris un seau empli d'eau qui traînait à côté du massif derrière lequel nous étions cachés et l'a renversé sur l'individu. Deux bonnes gifles ont achevé de le réveiller.

L'homme avait le teint mat et des yeux très noirs. Il avait un air borné et son visage ne respirait pas l'intelligence. Il portait une tenue assez similaire à celle de l'équipage du sinago.

— On t'écoute, matelot. Où sont la femme et l'enfant ? Réponds ou je te casse en deux !

L'homme a pris un air buté. J'ai pensé qu'il ne dirait rien. Je me suis jeté sur lui :

— Dis-le moi, ai-je hurlé. Je te donnerai tout ce que tu veux ou alors je te tue !

Raymond m'a pris par les épaules, m'a calmé et m'a fait asseoir.

— Reprenons, dit Jean. Combien sont-ils là-dedans ? La sécurité : combien d'hommes ? Les loufiats ? Nombre d'invités ? Le maître de maison, signalement.

L'autre s'est ébroué, a repris ses esprits et s'est fait répéter les questions.

— Dépêche-toi, dit Jean. On attend. Tu as deux minutes.

Il s'est mis à table :

— Une centaine de personnes est invitée à cette réception. Il y a des huiles : le sénateur, le député, le conseiller régional et des responsables d'entreprises les plus importantes de la région. Tout ce joli monde se goberge aux frais de la princesse. Le patron est facilement reconnaissable à son accoutrement ridicule : un costume de pirate. Une dizaine de loufiats font le service et la sécurité est assurée par quatre gros malabars qui jouent les matamores. Ceux-là font partie des gardes du corps du patron. Ce soir, ils ne sont pas armés.

— C'est bon, a dit Jean. On intervient sans perdre de temps.

— Attends une minute, Jean. Il n'a pas répondu complètement à tes questions. Où sont ma femme et mon enfant ?

L'autre hésita puis :

— Au fond, je n'en ai plus rien à faire. Oui, ils sont ici dans la maison.

— Comment les avez-vous amenés ici ?

— Aznarez m'a appelé sur mon portable vers 15 H 30 pour me demander de venir immédiatement en vedette avec deux gardes du corps à la pointe du Trech. C'est que j'ai fait. Il m'attendait au bout de la cale avec Job, Yannick, la femme et le petit. Visiblement, ils avaient drogué la femme car elle avait un air ahuri. Nous sommes repartis vers Arradon et eux ont repris la camionnette car "Ils avaient une affaire à régler à Ty-ma-mamm", m'a dit Aznarez.

Il est revenu ensuite seul vers 17 H de l'Île aux Moines avec la camionnette. Le patron l'a fait entrer dans son bureau puis au bout d'un instant, ça a été une grosse engueulade. Ça hurlait tellement que j'ai compris que Job et Yannick avait été éliminés et qu'on risquait d'avoir de gros ennuis. La preuve...

— C'est bon, dit Jean. On tiendra compte de *tes aveux spontanés*.

S'adressant à Raymond :

— Tu l'attaches à cet arbre. De toute façon, il ne pourra pas aller bien loin avec tout le personnel que nous avons.

Son adjoint lui a fait entourer le tronc d'un arbre avec ses bras puis il lui a passé les cabriolets.

— Si tu arrives à t'échapper, je te jure que j'entre dans les ordres.

Jean se mit à rire et prenant son talkie :

— Fréquence 3 ! De Brodet. À toutes les équipes ! Intervenez immédiatement ! Go !

Nous avons couru vers la terrasse. Les gendarmes qui s'étaient déployés dans le parc ont convergé vers la maison en poussant tous les invités devant eux.

L'un des hélicoptères s'est posé dans le jardin et a coupé le contact. Un groupe de six membres du GIGN en est sorti. Les commandos se sont mis en position autour de la terrasse.

Le second hélicoptère s'est placé en vol stationnaire assez bas au-dessus de la propriété. Le bruit qu'il faisait exacerbait l'ambiance de panique et de stress qui s'installait parmi les invités.

Jean a sauté sur une table en écrasant deux ou trois plateaux de petits fours. Prenant un porte-voix que lui a tendu l'un des gendarmes, il s'est mis à hurler :

— Mesdames et messieurs ! Je suis officier de police, chargé d'une investigation dans cette propriété. Voici la commission rogatoire, a-t-il ajouté en brandissant un papier administratif.

Et s'adressant, en aparté, à Emmanuel :

— Appelle les journaleux de Ouest-France et de la Liberté du Morbihan. Dis-leur de se radiner vite fait qu'on puisse se marrer demain en lisant leur prose.

Puis, interpellant le maître de céans, reconnaissable à sa tenue ridicule, il lui a déclaré :

— Monsieur ! J'ai l'ordre de perquisitionner votre résidence. Je vous demande de rester à ma disposition.

— Monsieur l'officier de police, est intervenu un gros bonhomme décoré, visiblement en colère, je suis le sénateur de cette circonscription et je ne tolérerai pas que vous agissiez ici en trouble-fête. Vous aurez de mes nouvelles !

— Monsieur ! Êtes-vous ici à titre privé ou à titre officiel ?

— À titre privé ! Mais ce n'est pas...

— Si, c'est... Donc pour moi, vous n'êtes qu'un simple citoyen comme les autres invités ici présents. Je vous demande donc de vous calmer sinon je vous mets dans le panier à salade et je vous fait mettre au violon avec le motif d'obstruction à l'action de la Police Nationale.

— Il va voir de quel bois je me chauffe, ce fonctionnaire qui veut jouer les petits chefs, maugréa le sénateur entre ses dents en tournant le dos.

Comme l'assistance se mettait à murmurer, Jean a haussé le ton :

— Nous sommes ici pour fouiller la maison. Nous avons de bonnes raisons de penser qu'une jeune femme et son enfant sont séquestrés ici même. Aussi, je vous demande de garder votre calme et de satisfaire au contrôle d'identité auquel les gendarmes vous soumettront. Si vous ne coopérez pas, je vous garantis que vous finirez la nuit au gnouf. C'est clair ?

Puis il a sauté de la table et prenant le docteur Karl von Strafenwald par le col, lui a demandé d'avoir un endroit tranquille afin de l'interroger. Celui-ci nous a emmenés dans son bureau, Jean, Emmanuel, Raymond et moi.

CHAPITRE 12

Avant d'entrer dans la pièce, Jean s'est ravisé et s'est retourné :

— Emmanuel et Raymond, vous commencez à fouiller la maison. Vous nous rejoindrez dans ce bureau. Pendant ce temps, nous allons interviewer ce distingué amphitryon.

Nous nous sommes assis autour d'une grande table. Étant placé à côté de Karl von Strafenwald, je pouvais l'examiner à loisir. C'était un homme assez grand, légèrement bedonnant et sûr de lui. Il avait des traits durs qu'il essayait d'adoucir en arborant en permanence, un sourire se voulant sympathique. Brusquement, j'ai tiré sa manche de chemise vers le haut. Il portait le même tatouage que les autres.

— Jean ! Il a le signe de reconnaissance. Il s'agit bien de la même bande !

Il m'a regardé, m'a fait un clin d'œil. Puis, il s'est adressé directement à von Strafenwald et a commencé l'interrogatoire :

— Nom, prénom, profession.

— Von Strafenwald, Karl, président-directeur-général.

— Je ne vous demande pas votre titre mais notre profession.

— Industriel.

Emmanuel prenait des notes. De plus, il avait mis en marche un magnétophone.

Jean a exposé les faits assez rapidement. Un sourire narquois s'est peint sur le visage de l'interpellé.

Jean a poursuivi l'interrogatoire. Ses questions étaient bien précises notamment celles concernant le sinago. Von Strafenwald a affirmé qu'il n'était au courant de rien ou ne répondait pas.

Devant cette attitude, nous nous avons commencé à nous énerver.

— Rien à en tirer ! s'est écrié Jean. Allez, on fouille toute la maison.

Accompagné du propriétaire menotté, nous sommes sortis du bureau. Les gendarmes effectuaient les contrôles d'identité et libéraient les invités au fur et à mesure. On entendait les bruits de voiture qui s'éloignaient.

— T'as vu ? a dit Emmanuel en souriant à Raymond alors que ceux-ci arrivaient dans le couloir, il y a même les caméras de FR3.

— Alors ? demanda Jean.

— Nous avons tout fouillé toute les pièces de la résidence : living, cuisine, office au rez-de-chaussée, chambres, salles de bains à l'étage. Cela n'a rien donné. Les policiers commençaient à perdre leur calme. Il restait le sous-sol.

Emmanuel a trouvé la porte qui y conduisait. Elle était verrouillée.

— Les clés, demanda-t-il à von Strafenwald.

— Je ne les ai pas, répondit-il ironiquement.

— Ce n'est pas grave !

Il a pointé son fusil à pompe sur la serrure et a appuyé sur la queue de détente. Le vacarme a été assourdissant et on a entendu des cris d'effroi venant du rez-de-chaussée et de la terrasse.

À la place de la serrure, il y avait maintenant un trou

de dix centimètres de diamètre dans la porte. Il a donné un coup de pied et celle-ci s'est ouverte immédiatement.

Il a appuyé sur un interrupteur. Une lumière crue dispensée par une série de luminaires nous a dévoilé un escalier en béton qui contrastait avec le luxe des autres pièces de la villa. Nous avons descendu l'équivalent de deux étages.

En bas, une nouvelle porte également fermée nous a barré le passage.

— Toujours pas de clés ? a demandé Emmanuel.

Sans attendre la réponse, il a tiré à nouveau et nous sommes entrés dans un couloir qui distribuait une série de pièces fermées chacune par une porte. Ces dernières ne paraissaient pas être verrouillées.

Les trois premières salles contenaient des caisses analogues à celles qui étaient à Ty-ma-mamm.

Raymond a arraché le couvercle de l'une d'elles : c'est sans surprise que j'ai constaté qu'elles étaient emplies de sachets en plastique étanche contenant vraisemblablement de la résine de cannabis.

Les deux salles suivantes renfermaient un véritable arsenal. De nombreuses caisses contenaient des fusils d'assaut de toute origine, des armes de poing, des grenades, des pains de plastic et des détonateurs. Il y avait même cinq lance-roquettes alignés au mur. Tout ce matériel était absolument neuf. Le label *made in China* imprimé sur les caisses, en indiquait sans ambiguïté la provenance.

Nous sommes arrivés à la dernière porte. À la différence des autres, celle-ci était fermée à clé. Au moment où Raymond allait l'ouvrir à sa façon, j'ai eu une intuition et j'ai crié :

— Attention, il y a peut-être quelque chose de dangereux à l'intérieur !

J'ai entendu immédiatement un cri puis un appel :

— C'est toi, Guillaume ?

Mon cœur a fait un bond dans ma poitrine : j'avais reconnu la voix de Lorette.

— Oui, c'est moi ! Nous venons vous délivrer ! Kévin ?

Je n'ai pas eu de réponse. Cependant, j'ai entendu un sanglot déchirant.

— Lorette, Lorette ! Kévin ? Est-ce qu'il va bien ?

De nouveau, des gros sanglots. Je me suis mis à trembler nerveusement.

— Bon sang ! Réponds, Lorette ! Où est Kévin ?

— Il l'a pris ! Il l'a pris ! Et il s'est enfui avec lui, il y a à peine cinq minutes.

— Mais qui ?

— Celui qui nous a enlevé à l'Île aux Moines Kévin et moi. J'ai cru comprendre qu'il s'appelle Aznarez !

— Emmanuel ! Tu vas chercher deux gendarmes ! Qu'ils reviennent avec des outils pour démonter cette foutue porte, commanda Jean.

J'ai parlé de nouveau à Lorette :

— C'est impossible. Nous l'aurions vu en descendant et il n'y avait aucun endroit où il aurait pu se dissimuler.

— Kévin ! Mon bébé !

— Calme-toi, Lorette ! Tu es maintenant en sécurité, ai-je ajouté. Dans deux minutes, nous serons réunis.

Deux gendarmes sont arrivés et en moins de trente secondes, la porte a été ouverte. Je me suis précipité le premier. Lorette s'est jetée contre moi et nous sommes restés quelques instants l'un contre l'autre. Elle a pris la couverture dans laquelle avait dû dormir Kévin et l'a pressé contre nous deux.

Pendant que je la tenais dans mes bras, j'ai observé qu'il y avait une porte sur le mur opposé. Un des deux gendarmes était d'ailleurs en train d'essayer de l'ouvrir. Raymond lui a dit en lui montrant son shot-gun :

— Je peux t'aider si tu veux.

— C'est bon, lui répondit l'autre.

Il a ouvert la porte découvrant un escalier qui remontait.

— Partons ! s'est écriée Lorette. Nous n'avons plus rien à faire ici. Ils ne doivent pas être bien loin. Ah ! Bonjour, mon cousin ! a-t-elle dit en apercevant Jean. Belle soirée, n'est-ce pas ?

Elle tremblait mais elle crânait.

J'ai essayé de la soutenir. Elle a monté les premières marches de l'escalier, a trébuché et s'est affaissée doucement. Je l'ai recueillie dans mes bras, elle était évanouie.

— Emmanuel ! hurla Jean. Les infirmiers tout de suite.

L'antenne médicale avait été prévue dans le dispositif d'intervention. Deux agents de la Sécurité Civile sont rapidement intervenus et ont évacué Lorette par l'autre côté.

Nous sommes arrivés rapidement en haut de l'escalier qui se prolongeait par un couloir étroit d'une trentaine de mètres de long, fermé par une porte en bois.

Raymond qui marchait devant, tous ses sens aux aguets, l'a ouverte : elle n'était pas verrouillée. Nous nous sommes trouvés dans une espèce d'appentis où différents matériels utilisés pour la navigation en mer étaient entreposés.

En face de nous, une porte encore fermée par un simple loquet de bois. D'un violent coup de pied, Emmanuel l'a ouverte et nous nous sommes retrouvés sur le rivage en haut d'une cale descendant vers la mer.

À cette heure, il n'y avait pas beaucoup de monde sur l'eau. La lune n'était pas encore couchée. Nous avons entendu et vu distinctement un hors-bord qui s'éloignait rapidement.

Un des hommes du GIGN a pris ses jumelles infrarouges :

— Il y a le barreur et un enfant attaché à un **chaumard**, a-t-il dit.

Je lui ai presque arraché les jumelles des mains et les

ai pointées dans la direction du bateau. J'ai immédiatement reconnu le barreur :

— C'est Aznarez, me suis-je écrié. Et c'est le petit que ce salopard a attaché.

Je me suis tourné vers Jean :

— Il faut les rattraper tout de suite.

— No problem ! Ventilo 1 de Brodet ! Décollez avec juste le pilote et venez en stationnaire en bout de cale ! Nous embarquerons à quatre personnes.

Nous avons entendu l'hélicoptère mettre les gaz et s'approcher du bout de la cale pendant que nous courions vers lui. Les portillons étaient ouverts. Jean, Raymond, un homme du GIGN et moi avons grimpé à l'intérieur.

— Ventilo 2 de Brodet ! Suivez-nous ! Soyez prêts à intervenir.

Le temps d'embarquer et de se regrouper, le hors-bord avait déjà parcouru une bonne distance. Nous l'avons aperçu alors qu'il venait de doubler la pointe du Bois d'Amour et entrait dans la baie de Toulindac.

À l'aide des jumelles que m'avait laissées le militaire du GIGN, j'ai aperçu plus distinctement Kévin à l'avant du bateau et bien attaché avec un bout.

"Regarde à droite du hors-bord, me dit tout à coup Mikajoh. Il y a quelque chose de bizarre."

J'ai réajusté la mise au point et j'ai aperçu une trace blanche courant parallèlement au bateau du fugitif.

"Ça alors ! C'est Max !"

"Transfère-moi tout de suite, s'écria Mikajoh. On va essayer de tenter quelque chose. J'ai une idée."

"O.K. Mais sois prudent !"

Discrètement, j'ai sorti le pont des anges et appuyé sur quelques touches du clavier. Immédiatement, j'ai vu Max sortir la tête de l'eau, sauter puis replonger. Cela m'a rassuré, Mikajoh allait passer à l'action. Personne, à bord de l'hélico, n'avait rien remarqué.

Puis, j'ai entendu la voix, un peu hésitante, de Jean dans l'interphone :

— Que fait-on ? Je ne vois pas la solution pour l'instant. Il fiche le camp et, visiblement, il veut sortir du Golfe.

— Peut-être veut-il rejoindre le chalutier qui leur faisait les livraisons et après se mettre à l'abri dans les eaux internationales, a suggéré Raymond.

— Oui ! Là, les choses deviendront compliquées car nous ignorons tout de sa nationalité et une intervention de notre part pourrait avoir des conséquences diplomatiques importantes, a ajouté Jean.

— Il le sait. Comme il sait que nous ne pouvons rien tenter à cause de l'enfant. C'est la raison pour laquelle il l'a pris en otage, a fait observer l'homme du GIGN. Je ne peux même pas utiliser le fusil à lunette. C'est trop dangereux. À cette distance, je pourrais atteindre le petit.

— Il y a une vedette de la Gendarmerie qui suit. Elle est trop éloignée pour pouvoir intervenir rapidement et je pense qu'elle n'est pas plus rapide, a ajouté Jean.

Le pilote a allumé un puissant projecteur. On y voyait comme en plein jour.

Regardant en direction du fuyard duquel nous nous étions beaucoup rapproché, j'ai vu brutalement le bateau faire une embardée et s'arrêter quasiment sur place, moteur coupé. À cause de l'inertie, Aznarez a effectué un superbe plongeon qu'en moi-même j'ai qualifié de saut de l'ange. Il s'est retrouvé à un mètre à l'avant du bateau. Kévin que le ravisseur avait solidement attaché n'a pas bougé d'un pouce. Tout le monde regardait sans comprendre. Moi, j'avais ma petite idée là-dessus.

L'hélico s'est mis en vol stationnaire au-dessus et l'homme du GIGN s'est jeté à l'eau. Il a amerri juste à côté de l'embarcation et a nagé rapidement vers Aznarez. Il lui a crié quelque chose, en pointant son arme de poing vers lui. L'autre n'a plus bougé.

À ce moment, obéissant à un brusque réflexe, je me suis également jeté à l'eau et ai nagé rapidement vers l'embarcation à l'intérieur de laquelle je me suis hissé. Kévin me regardait avec de grands yeux étonnés :

— Papa ! Mon papa !

Je l'ai serré dans mes bras.

— On rentre. On va retrouver Maman.

Le second hélico transportant le reste du commando a mis en place le système d'hélitreuillage et Aznarez a été remonté à bord avec l'autre gendarme. Je suis allé vers l'arrière de l'embarcation et j'ai fait basculer l'ensemble de propulsion afin de dégager l'arbre. Un gros câble d'acier assez rouillé était en partie enroulé autour de l'hélice. Compte tenu de son état, il avait tenu juste le temps qu'il fallait pour bloquer l'hélice et ainsi arrêter le moteur.

Je suis allé à l'avant du bateau où généralement on range des outils. J'ai trouvé une grosse pince coupante. Je n'ai eu aucun mal à dégager l'hélice de ce qu'il restait du câble.

La vedette des gendarmes qui avait suivi depuis notre départ est arrivée à ma hauteur et a accosté :

— On va vous remorquer, m'a crié le commandant de l'embarcation.

— Attendez ! Peut-être que le moteur fonctionne encore, ai-je répondu. Je vais essayer de le démarrer.

— O.K. ! Mettez ça, vous êtes trempé, m'a-t-il dit en me lançant un caban.

Je me suis installé aux commandes. Observant le tableau de bord, j'ai vu qu'il y avait un démarreur électrique que j'ai actionné. Le moteur a immédiatement fonctionné et l'hélice a tourné.

— Cela me paraît O.K., ai-je crié à l'attention des gendarmes. On peut rentrer de conserve.

J'ai tourné la poignée des gaz et nous avons mis le cap sur Arradon. Sur ma droite, se dessinait une légère trace d'écume phosphorescente. J'ai tout de suite deviné que Max nous accompagnait lui aussi.

Comme j'étais assez éloigné de la vedette de la gendarmerie, subrepticement j'ai sorti ma console de transfert et actionné quelques boutons afin de récupérer Mikajoh. Max est sorti de l'eau, a fait un saut périlleux en couinant et a disparu au grand étonnement des occupants de la vedette des gendarmes.

"Lieutenant Mikajoh ! Au rapport !"

"À vos ordres, mon colonel ! Comme tu as pu le constater Max et ton serviteur ont fait un travail que je qualifierai tout simplement de génial."

"Tout à fait exact. Cependant, je dois dire qu'avec moi, vous avez été à bonne école !"

"Et modeste avec ça ! Notre spectaculaire action d'éclat, ne l'oublie pas, a été d'essayer d'arrêter le bateau et le fugitif. Je me suis souvenu que, au cours de ma première promenade avec Max, le fond de la mer était truffé d'épaves et de détritus en tout genre.

Donc, pour arrêter l'embarcation, il suffisait de bloquer l'hélice mais pas avec n'importe quoi. Une corde ou un paquet d'algues n'aurait pas suffi. J'ai pensé à un bout de câble en acier."

"Bien raisonné. Et ensuite ?"

"J'ai transmis mes instructions à Max. Cela a été plus simple que la première fois car je savais sur quels réseaux de neurones intervenir."

"Et ?"

"Max a tout de suite foncé au port de l'Île aux Moines

et à immédiatement trouvé ce que je recherchais. Il a pris le bout de câble dans sa bouche et nous sommes revenus rapidement vers l'embarcation. C'est fou ce qu'il est malin : il est passé sous le bateau par l'avant pour ne pas être gêné par les tourbillons de l'hélice, il s'est dirigé vers l'arrière et a lâché le bout de ferraille au dernier moment. Du cousu main, précision chirurgicale !"

"Ouais, j'ai vu. Max a drôlement bien joué car sans lui, je ne vois pas ce qu'on aurait fait."

ÉPILOGUE

Nous avons rejoint Arradon et atteint la côte à la cale de la propriété de Penmern. Le premier hélicoptère avait déjà atterri et leurs occupants nous attendaient. Le second hélico était reparti avec l'ensemble du commando du GIGN.

J'ai sauté vivement à terre en tenant Kévin dans les bras et Lorette s'est jetée sur nous en nous couvrant de baisers. Elle a absolument voulu prendre Kévin. Nous nous sommes dirigés vers la maison. Cependant, Raymond a insisté pour les emmener tous les deux vers l'antenne médicale où un médecin attendait.

À part les gendarmes, il n'y avait presque plus personne. Tout cet aréopage de gens tenant le haut du pavé du département avait été libéré. Jean a donné quelques ordres :

— Vous m'embarquez le sieur Karl von Straffenwald. et vous me le mettez tout de suite au frigo. Le curieux[1] s'en occupera dès demain.

On rentre. Major ! Vous neutralisez la zone. Faites poser les scellés. Vous recevrez de nouveaux ordres de la préfecture. Merci. À demain.

Je me suis dirigé vers l'ambulance. Lorette jouait avec Kévin. Le médecin m'a fait un geste apaisant.

---

(1) Le juge d'instruction.

— Pas de problèmes, tout est O.K..

Quand elle me vit, elle sourit :

— Viens, on rentre.

— À la maison de l'Île aux Moines ?

— Bien sûr ! Tu me raconteras.

Jean et ses deux collègues nous ont raccompagnés à Port-Blanc. Nous avons embarqué sur son bateau. Il m'a fait un clin d'œil et le pouce levé :

— Fais un petit feu dans la cheminée. Vous aurez besoin de cette chaleur. Surtout toi, tu es trempé. Les nuits sont fraîches dans le Golfe, même l'été. Et puis, vous avez peut-être faim. Vous vous reposerez demain. Je passerai avec Catherine pour le thé, elle aura préparé un Kouign-Amman et un Far breton, ce sont deux de ses spécialités. À demain.

J'ai pris la direction du Lério et comme c'était le flot, je n'ai pu m'empêcher de passer le long d'Irus. Nous avons longé le sinago. Lorette me dit :

— Quel beau bateau ! Si nous l'achetions ?

Elle se mit à chanter : *Je vous emmènerai sur mon joli bateau, voguer au fil de l'eau, il n'y a rien de plus beau...*

— Oui, si tu veux. Mais, ici, ce n'est pas l'Auberge du Cheval Blanc[1], en Autriche. C'est le Golfe du Morbihan, en Bretagne.

"Le cœur a ses raisons que la raison ne connaît point, conclut Mikajoh. Ce n'est pas de moi, c'est de Pascal."

"Ce n'était pas la peine de me donner cette précision. Tu oublies que j'ai l'esprit cartésien et une bonne mémoire, lui répondis-je."

En rejoignant le courant, une masse noire a sauté devant nous, produisant une vague phosphorescente et en jetant un petit cri. Kévin a battu des mains en riant.

"Il est vraiment super, ce mammifère, me dit Mikajoh."

---

(1) Opérette allemande de Ralph Benatzky créée en 1930 à Berlin et ayant eu un énorme succès en France.

J’ai salué Max d’un petit signe en guise d’excuse car je n’avais pas de figues à lui lancer...

Après le repas, pendant que Lorette couchait Kévin, je me suis installé sur la terrasse pour me détendre de cette journée éprouvante. Une sorte de torpeur m'a envahi. J’étais bien, au calme mais Mikajoh a voulu entreprendre une discussion :

"Dis moi Guillaume, après réflexion nous nous sommes encore bien sorti de la situation. Comme disait, en 1860, Willie Park senior, un vieux copain golfeur avec lequel j'ai cohabité un certain temps, *c'était un bon recovery plan.*"

"Ça y est ! Tu es parti pour raconter tes mémoires. Au fait, *un recovery plan*, au golf, c'est se sortir d'un mauvais pas. Eh bien, tu vois nous avons effectué, nous aussi, sans le savoir, *un recovery au Golfe.*"

"Ah ! Ah ! L’astuce, Guillaume ! Tu veux toujours avoir le mot de la fin !"

Sur cet éclat de rire, je suis rentré me coucher car la fraîcheur de la nuit commençait à se faire sentir.

Glossaire

22 Long Rifle *357 magnum* *calibre 45*	Différents types d'armes, identifiées par le diamètre de leur cartouche exprimé en fraction de pouce. Le 22 *LR* correspond à un diamètre de 5,5 mm, le 357 à 9 mm (magnum : grande longueur) et le calibre 45 à 11,43 mm.
Affaler, Amener	Faire descendre rapidement (un cordage, un chalut, etc.) en tirant. On *amène* une voile ou une embarcation que l'on abaisse en la laissant descendre par son propre poids.
Arcasse	Ensemble des pièces dont est constituée la poupe.
Beaupré	Mât qui pointe à l'avant des voiliers, généralement dans l'axe du navire où est fixée un point d'une voile triangulaire.
Bout-dehors	Mât qui prolonge le beaupré et place hors du bateau une voile : le clin-foc, par exemple.
Carguer	Ramasser une voile contre le mât ou la vergue afin de réduire sa surface.
Chaumard	Pièce de guidage pour les amarres solidement fixées sur le pont dont toutes les parties présentent des arrondis pour éviter d'user ou de couper les filins.
Chevrotine	C'est une munition composée de projectiles multiples. Ce type de munition est très efficace à courte portée. La cartouche comprend moins de 21 projectiles (en calibre 12). Le diamètre de ce type de projectile varie de 5,65 à 8,65 mm. Leur masse varie de 1,1 à 3,7 g (0, 00, 000).
Clin-foc	Foc volant, poussé à l'extrémité du bout-dehors par une pièce de bois et dont le point d'attache de la drisse est établi au point le plus haut du mât.
Culer	Terme utilisé en marine signifiant reculer.
Déhaler	Déplacer un navire le long d'un quai, à l'aide d'un câble ou d'un cordage.
Drisse	Manœuvre destinée à hisser une voile. Chaque voile possède sa propre drisse.
Espar	Désigne aujourd'hui toute pièce du gréement en bois, en métal ou même en composite (mât, vergue,...) en place ou en réserve à bord.
Etrille	Crabe succulent se caractérisant par ses pattes arrières palmées.

Flot Marée montante entre l'étale de basse mer et l'étale de pleine mer.

Foc Chacune des voiles d'étai triangulaires, établies en avant du mât. Un voilier dispose de focs de différentes dimensions, utilisés en fonction de la force du vent : génois, foc ballon, grand foc, foc moyen, petit foc, tourmentin.

Frapper Fixer solidement une manœuvre ou un cordage à quelque partie du navire ou du gréement.

Gréement Terme qui désigne le mode de voilure choisi pour un bateau et ce qui sert à le gréer.

Haveneau Epuisette utilisée pour la pêche au bouquet ou à la crevette.

Mitraillette Plusieurs hameçons montés sur une même ligne suivant des normes bien précises (plumes, nylon et hameçons).

Jusant Marée descendante entre l'étale de haute mer et l'étale de basse mer. Le courant provoqué par ce retrait des eaux est le courant de jusant.

Liston Ceinture extérieure située légèrement en dessous ou au niveau du pont. Souvent faite d'un demi-rond rapporté, elle sert de protection.

Marie-Louise Pince-monseigneur.

Poupe Arrière d'un navire.

Proue Avant d'un navire.

Remous Mouvement de l'eau en sens inverse du courant.

Rôle Le rôle d'équipage est un titre de navigation maritime délivré obligatoirement aux navires. Il caractérise l'utilisation du bâtiment.

Taquet Pièce en bois dur ou en métal, montée sur socle, solidement fixée au pont ou à un espar afin d'y amarrer une manœuvre courante.

Trinquette C'est la voile d'avant la plus proche du mât.

Tuile chaulée C'est une tuile demi-ronde enduite d'un mélange de chaux et de sable destinée au captage du naissain (larves d'huîtres).

Vergue Espar sur lequel était fixée la bordure supérieure d'une voile carrée et désignée par le nom des voiles qui y sont fixées.

Un sinago dans le Golfe du Morbihan

Déjà parus

Le pont des anges, Joseph Ouaknine

La découverte d'une mystérieuse calculatrice magique va bouleverser la vie de Guillaume Delange.

Un étrange personnage entre dans son esprit, va l'accompagner et l'aider dans sa vie de détective.

Sera-t-il son ange protecteur ?

ISBN : 9782916620466

Le mystère du nain jaune, Joseph Ouaknine

Un adolescent rebelle ou un meurtrier présumé, un chien, un jeu de cartes...

Voici une enquête bien spéciale pour le détective Guillaume Delange l'entraînant dans des aventures périlleuses. Son inséparable ange Mikajoh aura bien besoin du flair de Whysk pour gagner la partie.

ISBN : 9782916620527

La Joconde de Cro-Magnon, Gérard Streiff

Guillaume Delange découvre une grotte aux parois ornées de somptueuses fresques. L'une d'elles représente un visage de femme au sourire énigmatique.

Mais des malfrats l'ont devancé et sont en train de piller les lieux.

Une course poursuite s'engage...

ISBN : 9782916620510

Le mystère des gouttes de pluie, Jacques Bullot

La vieille dame apeurée appelle Guillaume à son secours. Elle est ensuite assassinée.

Que cachent ces tableaux étranges qu'il trouve dans cette maison sinistre contenant un incroyable bric-à-brac.

Quel est le rôle de ce personnage rencontré par hasard ?

ISBN : 9782916620640

Edition du bout de la rue

1, rue Marcelin Berthelot - 92170 Vanves - France
e-mail : contact@editionduboutdelarue.fr
www.editionduboutdelarue.fr
Achevé d'imprimer en France en 2010
Imprimeur ICN - Dépôt légal : 2010
N° ISBN : 978-2-916620-65-7
Couverture : **EBDR' com**
Graphisme : **Mariève Daumal**